津本 陽

鬼の冠《かんむり》 武田惣角伝

実業之日本社

実業之日本社文庫

鬼の冠　武田惣角伝／目次

会津の小猿《こざる》

昭和三年（一九二八）八月、北海道旭川市《あさひかわし》三条通り、秋田屋旅館に、小柄《こがら》な老人が宿泊した。身長一五〇センチ足らず、痩身《そうしん》で、年齢は七十歳ちかいというが、十歳は若く見え、眼光が異様にするどい。

彼は大東流合気柔術《だいとうりゅうあいきじゅうじゅつ》宗家、武田惣角《たけだそうかく》であった。惣角は全国の武道家のあいだに英名をとどろかせている達人であった。

だが売名に意を用いず、自ら道場を構えて門人を養成する気もない、異色の人物である。彼は国内各地を放浪し、足をとどめた地で合気の術を教える。

教授料は二円であった。

秋田屋旅館の主人は、惣角の名を聞き、おそれいって丁重なもてなしをした。北海道では、惣角は開拓時代の英雄として知られていた。明治三十五年（一九〇二）に、彼は単独で全道五万人の無頼漢《ぶらいかん》に立ちむかったのである。

明治三十年代の北海道は、新天地開拓の活況のうちに、博徒《ばくと》、無頼漢が横行し、犯罪者も多く、ほとんど無政府状態であった。

全道の博徒が五万人であるのに対し、これを取り締まる警察官が六百人の少数である。このため警察署に保護を求めた者が、署長の面前で殺される、裁判所判事の家族が、白刃《はくじん》で脅迫されるなど、無法者の眼《め》にあまる暴状は募《つの》るばかりであった。

当時惣角は仙台第二師団の武道教授であったが、函館《はこだて》警察署の懇請によって渡道し、北海道最大の博徒丸茂《まるも》一家と単身対決し、彼らを慴伏《しょうふく》させた。

白刃を手に迫ってくる博徒たちを、濡《ぬ》れ手拭《てぬぐ》い一本をふるい、手足を打ち折って追い払ったという、惣角の武勇伝は、秋田屋の主人たちが幼時に聞いた伝説となっていた。

惣角が旭川を訪れたのは、ひさびさのことで、市中に彼の弟子はいなかった。

「武田惣角が、秋田屋に泊まっているというでねえか。もうたいした年寄りらしいが、一丁味を見てやるべえか」

惣角が挨拶《あいさつ》に出向いた警察署の幹部が、さっそく地元の代議士坂東幸太郎《ばんどうこうたろう》に知らせた。

坂東はのちに旭川市長になった人物であるが、ブルドッグの異名がついているほどの魁偉《かいい》な風貌《ふうぼう》の持主であった。

彼は一刀流免許皆伝、大兵肥満《だいひょう》の体軀《たいく》にふさわしい剛力である。米二俵を背負い、一俵を口にくわえ、両手に一俵ずつ提《さ》げ、五俵三百キロを楽々と運ぶ力業《ちからわざ》で、有名であった。

彼は銘酒「男山《おとこやま》」醸造元の山崎與吉《やまざきよきち》、與造《よぞう》父子、上川空知《かみかわそらち》署管内の草相撲大関宮野彦次郎《みやのひこじろう》、柔道家松田敏美《まつだとしみ》、前菊太郎《まえきくたろう》らを誘い、柔道道場松武館《しょうぶかん》に惣角を招いた。

惣角は刺すような眼光に、ただものでない威厳をみなぎらせていた。単衣《ひとえ》に絽《ろ》袴《ばかま》夏羽織をつけ、小脇差《こわきざし》をたばさんでいる。昭和の時代に、脇差を帯びているような人物は、ほかにはいない。

坂東は惣角と初対面の挨拶を交わし、内心に軽侮《けいぶ》の思いを禁じ得なかった。

「なるほど、これは千葉周作《ちばしゅうさく》がかねていったような名人であろうな。いまは何力もない老いぼれだ。年齢《とし》をとって小遣い稼《かせ》ぎをしたいのであろうから、精々体を痛めないほどに相手をしてやろう」

千葉周作は、その著書『剣術物語』で語っている。

「神業《かみわざ》を遣《つか》う名人といえども、手合わせしてみれば、いうほどのことはないものだ。軽んずべきではなかろうが、恐るべきでもない。人の噂《うわさ》には偽《いつわ》り多く、いってたしかめてみれば、さほど眼をおどろかすことには、遭わぬものだ」

惣角は読心《どくしん》の術を心得ているので、坂東の心中を鋭敏に読みとっていた。

彼は坂東に話しかけた。

「君は聞くところによると、四斗俵五俵を運ぶ大力者《だいりきしゃ》のようだが、儂《わし》がこの場に寝るから抱きあげてみてくれんか。儂は十三貫（四八・八キロ）足らずしか目方がない。これしきの荷物は、君なら指先でもつまみあげられるだろう」

惣角は両腕を組んだまま、畳のうえへあおむけに寝た。

坂東は苦笑いをしつつ膝《ひざ》を進めた。

「先生、よろしゅうございますか」

「ああ、いいよ」

坂東は惣角の背に両手を差しこみ、抱きあげようとした。

いかようなふしぎの技があっても、重力の法則に変わりはない。この爺《じい》さんがどれほどしゃっちょこばったとして、抱きあげるのに何の苦もないはずだ。

こうして力《りき》んでいる小児のような年寄りに、恥をかかすのもかわいそうだから、持ちあげにくいふりでもしてやろうと、坂東は腕にわずかに力を入れた。

これはおかしい、と坂東は感じた。武道家である彼には、惣角の身に触れた指先につたわる鉄のような手応《てごた》えが、ふつうではないと分かった。

　彼は全力をこめ、惣角を抱きあげようとした。だが、惣角は微動もしない。全身が鉛《なまり》の塊《かたまり》であるかのような重さである。

「こんなことが、あるはずがない。十三貫の体を、なぜ持ちあげられないのか。しっかりしろ」

　坂東は一瞬、自分が正気でいるのであろうかと、疑った。

　全身を震わせ、歯を食いしばって抱きあげようとするのに、惣角の身はまったく持ちあがらなかった。

　坂東の友人たちは、はじめのうちは坂東が上手に芝居をしているのだと思い、笑いを押しころして見ていたが、やがて真顔になった。

　坂東のこめかみに青筋がうねり、玉の汗がにじみ出ている。双肩が瘧病《おこりや》みのようにふるえているのは、渾身《こんしん》の力をふりしぼっているためであった。

　その場の者は、わが眼が信じられなかった。瘦《や》せこけた老人を、坂東がなぜ持ちあげられないのか。

　坂東は鼻先から汗をしたたらせ、見栄《みえ》も忘れて惣角の前帯を自慢の歯にくわえる。両手と歯で持ちあげようとするのだが、やはり惣角は動かなかった。

坂東は必死で惣角を道場の真ん中に引きずりだし、帯、襟《えり》がみ、足などところきらわずつかんで、何としても膝のうえへ持ちあげようと、苦闘する。

彼は一時間ほどのあいだに、惣角をあちこち引きずりまわしたが、一寸（三センチ）と持ちあげることができなかった。

精根つき果てた坂東は、汗を滝のように流し、畳に両手をついて頭を下げた。

「先生、私にはとても先生を持ちあげることができません」

坂東の顔は真っ青で、血の気を失っていた。

惣角は起きあがっていう。

「坂東君、あまり力がないな」

彼は口辺につめたい笑みを見せ、こんどは草相撲大関の宮野を手招いた。

「そこの相撲取り、この腕を思うがままに処分できるか」

宮野は一八五センチ、一五〇キロの巨漢である。

惣角が子供のような細い左腕を、まえに水平に突き出したのを見て、顔に血をのぼせた。

（この爺《じじ》い、妙な技を遣いやがるようだが、思いあがっていやがるな。よし、かわいそうだが、肩の関節ぐらいは外してやろう）

宮野は殺気を顔にみなぎらせ、進み出ると惣角の腕を右手でつかみ、捻《ね》じあげようとした。

「うーむ」

宮野は右手だけでは、惣角のほそい腕を捻《ひね》られないと知ると、両手で引っ張り捻じまわす。

惣角は頃《ころ》あいを見て、短い気合いを発した。宮野の腰が浮きあがったと思うと、頭を下に巨体が宙に舞い、一回転して畳に叩《たた》きつけられた。

血相を変えた宮野が、片手を惣角に取られたまま起きあがろうとするところを、ふたたび投げられる。

惣角は正座したまま一寸も動かない。埃《ほこり》を舞いあげ、家鳴り震動させつつ、宮野は五、六回もつづけざまに前後左右に投げつけられた。

彼は必死で惣角ににぎられた手首をふりほどこうとしたが、外れない。惣角に抱きつき、押し伏せようとつかみかかると、とたんに投げられる。

ついに頭を打った宮野は、意識朦朧《もうろう》となって畳に伸びてしまった。

「大関が、儂の腕一本を処分できぬとは情けないではないか」

惣角が笑いながら宮野を扶《たす》け起こしてやる。

坂東をはじめ、道場に居ならぶ武道家たちは、惣角に神を見るような視線を集めていた。

名利《みょうり》を追わず、生涯《しょうがい》を放浪のうちに過ごしてきた老いた武芸者の神技《しんぎ》を眼《ま》のあたりにして、彼らは魂を奪われていた。

その夜、惣角は、坂東たち新規の門人たちの招宴で、武芸心得の一端を披露《ひろう》した。

「儂は会津《あいづ》の御伊勢《おいせ》の宮の、神主の子に生まれたが、生まれつき体が小さく、小猿と呼ばれたものよ。しかし、読み書きよりも武芸が好きでのう。剣術、槍《そう》術、相撲など武芸十八般はすべてを稽古《けいこ》した。とりわけ剣術は直心影流《じきしんかげ》の榊原鍵吉《さかきばらけんきち》先生の直弟子として、血のにじむ苦労を重ねたよ」

坂東が聞く。

「それで合気柔術は、いつからおはじめになられたのですか」

惣角は笑って答えた。

「儂が大東流の允可《いんか》を相伝したのは、明治三十一年（一八九八）五月十一日であった。先代宗家は、旧会津藩家老西郷頼母《さいごうたのも》改め保科近悳《ほしなちかのり》様だ。大東流は清和天皇の末孫、新羅三郎義光《しんらさぶろうよしみつ》が始祖としている。この道の歴史は古いのだぞ。古事記に載っている手乞《てごい》という、相撲に似た武芸が、合気陰陽道《おんみょうどう》として宮中に伝えられた。合気の術は清和源氏に伝えられ、新羅三郎義光はその名人であったのだ。義光は海内一《かいだいいち》の弓取りといわれる武芸の達人であったが、笙《しょう》の名手でもあった。宮中で笙を吹き、白拍子《しらびょうし》の舞《まい》に合わせるうちに、舞の柔軟で変化に富んだ動きのうちに、隙《すき》のない無形の理《ことわり》のあることを覚《さと》り、合気の秘奥《ひおう》を大成したのだ」

　大東流合気柔術は、新羅三郎から子孫の甲斐武田《かいたけだ》家に伝えられた。天正二年（一五七四）、武田家一族のうち武田国継《くにつぐ》が、会津国司芦名盛氏《あしなもりうじ》に仕え、会津藩に大東流の道統《どうとう》を伝えたのである。

「儂は武田源氏の子孫じゃ。大東流は会津藩の殿中護身武芸となり、御式内《おしきうち》と呼ばれるようになった。まあそのようなことだがのう。儂は親父《おやじ》殿から剣術、棒術、相撲、大東流を学び、会津藩指南役渋谷東馬《しぶやとうま》より小野《おの》派一刀流を学んだ。さらに榊原先生の内弟子となり、また鏡新明智流《きょうしんめいちりゅう》桃井春蔵《もものいしゅんぞう》の弟子となったのち、全国を武者修行して、会津の小天狗《こてんぐ》と怖《こわ》がられたものよ」

　坂東が態度をあらためて聞く。

「さような大先生とは存じませず、まことにご無礼をいたしました。先生、私たちは、昼間先生に取って押さえられ、投げられたのがふしぎでなりません。ふだんは自分でも武芸の達人だと思い、他人にもそう思われていたのが、失礼ながらご老年の先生にかかっては、手も足も出ません。大東流というのは、なみの武術ではないのですね」

惣角は低い笑声をひびかせる。

「大東流は合気術だ。合気術の基礎は、剣の修行からはじまるのだ。剣は武芸のうちでもっとも動きが早い。ピカリと光れば首が飛ぶのだ。一瞬に生死の分かれる勝負に、虚心に立ちむかえる覚悟ができたなら、槍薙刀《やりなぎなた》、棒などあらゆる武器が自在に扱えるようになる。打ち物の修行を極めたなら、無刀取り、すなわち真剣白刃《しらは》取りの秘法に達するようになる。これがすなわち合気術だ。つまり合気は剣の修行の過程において養うべき術だよ」

惣角はしずかに酒を含み、低声に語った。新参の門人たちは、彼の一語一語に耳を澄ませた。

「いまの剣術は先生の習っておられた当時とくらべ、変わっておりましょうか」

柔道家、前菊太郎の質問に、惣角は即座に答えた。

「魂の入れかたが違うよ。昔の剣術修行者は、まず竹刀《しない》作りからはじめたものだ。

いまの剣道家で、わが竹刀を作る者がいるか。昔の他流試合は、文字通り命懸《いのちが》けだったからな。竹刀といってもいまのような軽いものではなかったから、打ち殺されることもめずらしくなかったのだ。だからわが生命を托《たく》す竹刀は、自分で作るのが当然とされていたのだよ」

一座の者は、維新前後の剣術修行の一端を聞かされ、感じ入る。

竹刀は武道具店で買ってくるものと思いこんでいるのは、文明の世の太平に馴《な》れたためだと、あらためて覚《さと》らされたのである。

「わが武田家ではのう、銅線入りの竹刀をこしらえる、伝来の技術があったのだよ。作りかたを教えてやろうか」

「是非お願いいたします」

門人たちは声をそろえる。

「まず年を経て、肉厚く節の多い竹をえらび、一本ずつに油を塗り、染《し》みこませて家の天井裏に置き、乾燥させるのだ。その間にときどき取り出しては火で暖め、油で磨《みが》き手入れをしつつ、三年を置く。そうすると固く軽い竹刀になるのだ。竹刀のなかにはおなじ長さの太い銅線を入れる。他流では竹刀のなかに鉛を入れる場合もある。このようにして心魂を打ちこみ仕上げた竹刀は、真剣、木刀より折れにくく、そのまま真剣を相手の実戦にも使えるのだよ」

坂東たちは顔を見あわせ、息を吞《の》む。

彼らは銅線入りの頑丈《がんじょう》な竹刀で打たれたなら、打撃は凄《すさ》まじいものであろうと、想像する。

惣角は言葉をつづけた。

「もちろん、稽古も竹刀と同様、いまの世とはまったく違ったものだよ。初心者は三年の間は防具を身につけず、木刀、竹刀で打ちこみ稽古のみをやる。稽古のあいだは水を吞まさず、うがいのみを許す。食事はお粥一椀《かゆひとわん》のみだ。稽古はただ打ちと突きのみだ。師匠に対しては、遠間《とおま》から飛びこんで一心不乱に打ちこみ、切り返し面を打つ。師匠は弟子の竹刀を払い、打ち落とし、鍔《つば》ぜりあい、体当り、足搦《あしがら》みで応じ、弟子の勇猛心をふるい起こさせるのだ。そのうちに流儀の形をも学ぶ。ようやく防具をつけての稽古を許されると、壱万面《いちまんめん》の稽古をして、ようやく竹刀の握りかたが分かるとされるのだ」

壱万面とは、一万回面をかぶることである。

一度面をかぶればまず一時間は稽古をするのが通例であったから、たいへんな稽古量であった。

「壱万面の稽古は初期の目標だよ。武者修行に出て、経歴を問われ、竹刀の握りかたがすこし分かったと答えれば、打ちこみ三年、壱万面をかぶった者と判断される。竹刀をすこし動かせるようになったと答えれば、武者修行二、三年の経歴を重ねた者だ。少々使いましたというほどの者は、なかなかおそろしい剛の者だよ。儂の腕を見るがよい。このようになったのは荒稽古のおかげだ」

惣角は九文半（二二・八センチ）の足袋を履《は》く小男であったため、剣術修行には大男を相手に骨身をきざむ苦労を重ねた。

坂東たちは、夏羽織をまくって突き出す、惣角の腕を見た。両腕とも肘《ひじ》から内側へ蟹《かに》の鋏《はさみ》のように曲がり、肘は竹刀を持つ形のまま、まっすぐには伸びない。

「儂はのう、目隠ししても試合ができるよ。相手の太刀先《たちさき》がどこへむかってくるか、肌《はだ》に感じるのだ。また試合の相手が竹刀を取って立っただけで、技倆《ぎりょう》のほどがすべて分かる。昔のまともな武芸者なら、それほどの勘は総じて持っていたものだよ。東海道の護摩《ごま》の灰《はい》（こそ泥《どろ》）がいっていたものだが、はじめて武者修行に出る者は、紋付羽織袴《はかま》を着て防具を担《かつ》ぎ、物見遊山《ものみゆさん》の気分だから、全身隙だらけだそうだ。それが三年ほど経ってふたたびおなじ修行者に行き会うと、紋付羽織は破れて海草のようにぶらさがり、髭《ひげ》が伸びほうだい、痩せこけているが隙がない。とても近寄れなくなっているということだ。殺気に満ちているわけだ」

前菊太郎が、しばらくためらったのちに聞いた。

「先生は、人を斬《き》られたことがありますか」

「それはあるよ。斬らねばこっちが斬られるのだからな」

惣角の眼が、するどくなった。

「真剣勝負の場に立って、思うがままに進退できるには、よほど胆《きも》を練らねばならないのでしょうね」

「それはそうだ。しかし、儂ははじめからさほどおそろしくはなかった。八歳のとき官軍の会津攻めがあってな。そのときにいやというほど斬り合いを見たし、死人も見たから、自然に度胸がすわったのかもしれぬな」

武田惣角は、安政六年（一八五九年十一月四日）、会津坂下町御池田《ばんげまちおいけだ》、御伊勢の宮武田屋敷で生まれた。

御伊勢の宮は、往古の征夷《せいい》大将軍坂上田村麻呂《さかのうえのたむらまろ》が、伊勢神宮より分霊し鎮祭した神社であった。

武田家は御伊勢の宮の神官であるとともに、会津御池田の地頭職をつとめていた。

惣角の父惣吉《そうきち》は、会津力士の大関で、維新に際しては力士隊隊長となり、蛤《はまぐり》御門の戦い、鳥羽伏見《とばふしみ》の戦い、奥州《おうしゅう》白河口の戦いと各地に転戦した。惣吉は戦功により、力士改め、二の寄合席に任ぜられ、御近習《ごきんじゅう》、武芸指南役と同席となった。

彼は身長一八五センチ、体重一一〇キロの巨漢で、相撲の得意は右四つ、鉄砲。剣は上段、双手面《もろてめん》からの体当たり、足搦《がら》みである。八尺（二・四二メートル）棒を、風車のように唸《うな》りをたてて打ち振る。

慶応四年（一八六八）八月の会津の戦いの際、惣吉は白河口から大砲隊を宰領して会津に戻ってきた。

惣吉は長男とともに会津若松城に入城する。やがて会津盆地を埋めつくすほどの官軍が押し寄せてきたが、将校のみが武士で、兵隊はおおかたが寄せ集めの無頼漢であった。

会津の領民は、官軍の暴行をおそれ、すべて山中に逃避する。各戸の留守番に残ったのは、老人、子供ばかりであった。会津軍は籠城《ろうじょう》のまえに城下の食糧をすべて城中に運びこみ、町を焼き払っていたので、官軍は深刻な兵糧《ひょうろう》不足に直面した。

惣角は九歳であったが、母親をはじめ女中、男衆にいたるまで在方《ざいかた》に避難したあと、ただ一人で留守番をしていた。

般若《はんにゃ》の面

会津攻めの官軍は、連日食糧調達に付近の町村を巡回していた。

殺気立っている官軍は、食糧調達に際し拒む者は即座に射殺する。土地の民が殺害されると噂《うわさ》は八方へ飛び、留守番に残留している老幼は警戒のいろをふかめた。

惣角は八歳だったが、小柄《こがら》であるため外見は六歳ぐらいにしか見えない。だが当時から相撲達者で、俊敏な体さばきで知られていた。

会津盆地では春秋の季節には諸方の村々で奉納相撲が催される。惣角は遠近《おちこち》の村で余興相撲があると聞くと出かけていき、少年の部で五人抜き、十人抜きの勝抜きをおこない、賞品をせしめてくる。

父惣吉は、自分が会津大関力士で、内弟子まで置く専門家であるのに、息子の惣角が村相撲で賞品をさらってきては、体面にかかわる。

そのため村相撲のひらかれる日は、惣角を土蔵造りの道場へ押しこめ、棒術の稽古をさせた。

小柄な惣角は、長い棒を扱うのが苦手である。彼は道場に聞こえてくる花火の音に耳を澄まし、祭礼の場へなんとかしていきたいと思うので、稽古に身が入らなかった。

「これ、お前はよそ見ばっかりしてるでねえか。気をいれて稽古をせねば、晩までやらせっから、そう思え」

惣吉はきびしくいい渡す。

だが、惣角は父が厠《かわや》へ立つとき、知人の来訪をうけたときなどを見すまし、すばやく外へ駆け出てそのまま村相撲の場へ駆けつける。

小柄な惣角の活躍ぶりは、奉納相撲の人気の的であった。

「あ、小猿がきたでねえか。今日はおもしろい相撲が見られるっぺ」

村人たちは彼が土俵にあがると、拍手喝采《かっさい》をする。

あるとき、惣角が例によって屋敷を脱け出し、賭《か》け相撲で賞品をせしめて帰ってくると、惣吉は激怒した。

「何という奴《やつ》だ。もう許せねえ。ひでえ目に遭わせっから、覚悟しろ」

彼は惣角を縛りあげ、両足の親指の爪《つめ》に、大きな灸《きゅう》をすえる。

惣角は脂汗《あぶらあせ》を流して耐えたが、爪の裏まで焼け抜け、神経の集まっている経絡《けいらく》のツボであるだけに、全治するのに二カ月を要する大火傷《やけど》となった。

敏捷《びんしょう》な惣角は子供ながら度胸がよかった。戦《いくさ》がはじまり、毎日銃砲声が鳴りひびき、会津若松の町が黒煙天に沖《ちゅう》して燃えあがるのを見ても、おどろかない。

赫熊《しゃぐま》の帽子をかぶった隊長が、小銃を担いだ兵隊多数を引きつれ、御池田の村に入りこんできたときも、めずらしがって表へ出て見物していた。

官軍は武田屋敷へも入りこんできて、食糧を探したが、なにひとつ見当たらない。畳をあげ床の下まであらためるうち、惣角が大事に飼っていた家鴨《あひる》が、物置にすくんでいるのを見つけ、捕まえた。

惣角はおどろいて喚《わめ》きたてた。

「泥棒《どろぼう》だ、泥棒。官軍の泥棒が家鴨を盗んだっちゃ。泥棒、泥棒」

くやしまぎれに叫ぶ声は、体に似合わず遠方までひびき渡る。

甲高《かんだか》い声で喚かれた官軍の兵士たちは、怒って惣角を追いかけた。

「この餓鬼、俺《おい》どもが泥棒じゃと。何ば吐《ぬ》かすっとか」

惣角は勝手知った村内を自在に逃げまわったが、ついに捕らえられた。

「こんな小僧は、射殺してしまうがよか。官軍が泥棒じゃという奴は、許しておけん」

胸もとに小銃をつきつけられたとき、赫熊をかぶった隊長があらわれた。

「こりゃ、お前《は》んたちゃ子供に鉄砲をむけ、何とすっか」

「はい、こやつは俺どもを泥棒と吐かしたのでごわす」

隊長はいきりたつ兵士たちを鎮《しず》めた。

「まあよいではなかか。何も分からぬ子供を殺すことはなか」

彼は惣角に話しかける。

「俺どま朝廷のお指図で戦うておっ官軍じゃ。会津の城方は賊軍《ぞくぐん》じゃ。官軍には泥棒などはおらぬ」

惣角は縛りあげられたまま叫んだ。

「それでも俺の家鴨を盗んだでねえか。官軍でも人のものを盗めば泥棒だ。俺の家鴨を生かして返してけれ。そったらことができねえなら泥棒だ」

家鴨は首を捻られ、兵士の手にぶらさげられている。

隊長はいいわけに窮した。

「小僧、家鴨はもう死んでおっじゃろがい。いまさら生かして返せぬゆえ、銭で売っちくいやんせ。買えば泥棒ではなか。お前ん、胆ん太か小僧じゃ。行《ゆ》く末はよか男になっじゃろ」

彼は惣角に二朱銀を渡し、頭を撫《な》でて立ち去った。

惣角が殺されるかもしれぬと、物陰《ものかげ》から成り行きを見守っていた近所の大人たちが出てきて、二朱銀を見てうらやましがる。

在方《ざいかた》では、二朱銀などなかなか見ることもできない大枚であった。惣角はそれを懐《ふところ》に入れ、大切に持っていた。

そのうち、噂を聞いた近所の男が、惣角から二朱銀を捲《ま》きあげてやろうと、思いつく。

彼は闇夜《やみよ》をえらび、般若《はんにゃ》の面をかぶって武田屋敷へ歩みいった。惣角はひとり台所で夕食の膳《ぜん》にむかっていた。

男は面から舌をのぞかせ、ちらつかせつつ大声で脅した。

「これ小僧、金を出してけれ。お前は金を持ってっぺ。早う出せ、出さねば殺してやっから、そう思え」

惣角は近づいてくる般若の面をめがけ、飯の入った茶碗《ちゃわん》を投げつけた。

面はまっぷたつに割れ、男の顔があらわれた。見れば近所の者である。額《ひたい》を割られ、うろたえる男めがけ、惣角は皿子鉢《さらこばち》など手当たりしだいに投げつける。

男は逃げ帰ったが、翌朝、額の傷痕《きずあと》で悪事が露顕した。

惣角は会津若松城が攻められているあいだ、毎日夜間に外を出歩いて、戦闘を見物していた。

官軍と城方が乱闘をはじめると、木蔭、くさむらに身をひそめ、見物する。会津勢が太刀薙刀《なぎなた》をふるうと、官軍は斬りたてられ逃げ散る。

武技を練った会津兵に刃むかえば、刀の持ちようも知らないやくざあがりの官兵は、子供のように扱われる。

だが、刀を引っさげ打って出る会津兵も、鉄砲をむけられると一発で射殺されてしまった。

官軍は若松城を攻めあぐねた。平地から砲撃しても城壁に邪魔され、天守閣に命中しない。ついに城の南東十五町（一六〇〇メートル）の距離にある、標高三百メートルほどの小田山《おだやま》に、砲兵陣地を築いたのは、慶応四年八月二十六日（一八六八年十月十一日）であった。

若松城の欠点は、小田山に近いことであると、古来からいわれていた。八月二十五日夕刻、小田山北麓《ほくろく》の会津藩火薬庫が、薩軍四斤半砲《さつぐんよんきんはん》の砲撃によって爆発した。

火薬庫は間口三間半（六・四メートル）、奥行十二間（二一・八メートル）のものが三戸並び、精製火薬五百貫（二トン）が貯蔵されていた。

「爆音数里の外に達し、激震鳴動万雷一時に落ちたる如《ごと》く、四方の山谷に避難せし市民も、鶴ケ城一時に爆破崩壊せしものと信ぜり」

と戊辰《ぼしん》戦争史に記載されているような大爆発であった。

惣角はひとり屋敷にいて、大地震のような爆発の衝撃におどろかされた。だが彼はいっこうに怯《おび》えを知らなかった。

二十六日、最新式六ポンドアームストロング砲が小田山山頂に引きあげられる。薩軍は小田山極楽寺《ごくらくじ》の僧を脅し、砲を引きあげる道案内をさせたのである。

惣角は小田山から若松城内への砲撃がはじまったと知ると、見物にいきたくてたまらない。

城中には父惣吉、兄惣勝《そうかつ》のほか、親戚《しんせき》縁者が大勢籠城しているが、幼いため肉親の安否を懸念《けねん》するより、砲撃の様子を見物したかった。

武田屋敷のある御池田からは、城下まで三里（一二キロ）の道程である。惣角は昼間に出歩けば官軍に捕らえられるので、陽《ひ》が暮れてのち握り飯をこしらえ、坂道を走って城下に達した。

途中幾カ所かに官軍哨所《しょうしょ》があるが、惣角は巧みに警戒線をくぐり抜けた。彼は夜のあいだ砲撃線をおもしろく見物したのち、夜の明けないうちにふたたび官軍哨兵の眼《め》をかすめ、家に帰りついた。

惣角は砲撃のおこなわれた七日のあいだ、一夜も欠かさず御池田と城下の往復をつづけた。

御池田から城下までの道中には、敵味方の戦死体が折り重なり、見るに忍びない惨状を呈している。とりわけ会津兵は朝敵《ちょうてき》であるので、遺体の収容は禁じられており、放置されているため、悪臭は濃くただよい、野犬が群れをなしてそれをあさっている。

惣角は野犬を追い払うため、戦死した会津兵の腰から脇差《わきざし》を抜きとり、わが腰に差し、槍《やり》をも手に入れ、引きずって歩いた。

彼が暗中に倒れている死体を見ても、まったく恐怖を感じないのは、性来《せいらい》武人の稟質《ひんしつ》がそなわっていたためかもしれなかった。

樹木の茂った暗い道をいくと、木の枝から裸で逆さ吊《づ》りにされた女の惨殺《ざんさつ》死体に出遭う。

さすがの惣角もいささか閉口して、亡霊があとを追ってこないかと、幾度もふりかえる。会津兵の死体は、すべて鉄砲傷を受けていた。肩に錦《きん》切《ぎ》れのある官軍は刀で斬られた死体ばかりである。

小田山の官軍陣地には、肥《ひ》前《ぜん》藩のアームストロング砲のほかに、薩《さつ》摩《ま》、松山、大村、土佐の五藩の砲兵が砲塁を築き、若松城天守閣に砲火を集中している。

惣角は死臭のただよう山肌に身を寄せ、砲弾が真っ赤な火の玉となって、空中を引きさくガラガラという大音響とともに飛び去り、城中に命中して炸《さく》裂《れつ》するさまを、息をひそめ見物した。

惣角は官軍の警戒線を注意して越えるが、暗中に鳴《なる》子《こ》が幾重にも張り渡されているので、つい引っかかる。

「ガランガラン」と音がするので、官軍哨兵が飛び出してくる。追いかけられ捕らえられると、六歳ぐらいの外見の小僧であるため、釈放される。

「こりゃ小僧、ここはお前どものくっところでなか。こんどくりゃ、素《そ》っ首ひっこ抜いて食うてやるぞ。よいか、覚悟しておっがよか」

だが、惣角はこりずに砲撃のさまを飽きることなく見物に通った。

あちこちと歩きまわるうちに、「ガランガラン」と鳴る縄《なわ》に引っかかってしまうと、官兵が血相を変え、小銃を乱射して駆けつけてくる。

「何じゃ、また昨夜の小僧でなかか。汝《わい》は何ぞわが陣地を探ったために、きおっとか。ならば生かしてはおけん。銃殺せい」

官兵たちは、惣角が好奇心に駆られて見物にくると分かっているが、おもしろがって脅した。

惣角は無事に釈放されても、また翌晩になると城下へ走った。

幾度も捕らえられるうち、彼は官兵たちと顔なじみになった。

「何じゃ、また汝か。汝はよっぽど大砲が好きじゃのう」

官兵たちは、惣角を陣地に入れてやり、砲口に砲弾を装塡《そうてん》し、発射するさまを見せてやった。

惣角にとって新鋭アームストロング砲は、幾度見ても、めずらしい。

戦が終わり、父と兄が帰ってきた。母や妹も、隠れていた山中からひさびさに家に帰りつく。掃除の行きとどかなかった屋敷のうちに、平和な暮らしが戻った。

「惣角、お前は戦のあいだ、何をしてたでや」

惣吉に問われても、惣角は真実を告げなかった。

官軍陣地へ毎夜遊びに出かけていたなどといおうものなら、勘当されるにきまっていた。

惣角は、戦争が終わり変化に乏しい生活がくりかえされるようになると、しばしば屋根に登るようになった。

「兄さ、なにしてるっちゃ」

妹に聞かれると、彼は答えた。

「遠いところを見てるのっしゃ」

惣角は田畑のつらなりの彼方《かなた》に聳《そび》える、国境《くにざかい》の山なみを眺めるのが好きであった。

彼は屋根に登るのに飽きると、背戸《せど》の柿《かき》の木に登り、遠方に眼をこらした。

「兄さ、なんで遠いところを見たいのっしゃ」

「旅に出てみたいのっしゃ」

惣角は御池田の狭い天地を出て、漂泊の旅をしてみたかった。

戊辰の戦いののち、剣槍《けんそう》は火器の敵ではない、剣の時代はもはや過ぎたとする風潮が、文明開化のうたい文句とともにさかんになった。

武士が長年つちかった剣槍の術が、百姓町人の官軍が操る鉄砲に惨敗を喫したのである。

全国の武芸修行者は急速に減少していたが、惣角は性来武芸鍛錬を好み、会津坂下《ばんげ》養気館渋谷東馬のもとで小野派一刀流の修行をつづけた。父惣吉にも剣、棒、相撲を教授され、内弟子たちとともに精進《しょうじん》する。地方巡業の相撲大会があるときは、大関である父に付き添い旅行する。興行のあいだはよく通る声で、呼び出しをする。当時の会津相撲に横綱はなく、最高位は惣吉の白糸関《しらいとぜき》であった。

惣角は呼び出しによって、常人にはない高い美声を養った。また身につけた早技を利してしょっきり相撲（禁じ手を面白おかしく紹介する見世物）をも披露《ひろう》する。

明治初年（一八六八）、会津柳津《やないづ》の祭礼の際、各地より力士が集《つど》い、勧進相撲が開催された。観客が大勢押しかけ、非常な盛況であったが、最後の余興相撲の際、七人抜き、十人抜きがはじまるや、見なれない青年があらわれた。

年頃《としごろ》十七、八歳に見える青年は褌《ふんどし》も締めない下帯だけで飛び入りをした。彼は子供のような体格であったが、電光のような前さばき、外無双《そとむそう》、切り返し、足技を繰り出す。

相手に立つ者は、絶妙な変化技に抗するすべもなく、膝《ひざ》をつき、前に倒れ、尻《しり》餅《もち》をつく。

見る間に七人抜き、十人抜きをやりとげた青年は、賞品を抱え、姓名も告げず立ち去った。

ちょうど日暮れどきであったので、顔が分からなかったが、会津でこれだけの相撲巧者は稀《まれ》であると、皆は考え合わせ、背丈から推して白糸関の息子惣角であると判断した。

惣角は当時すでに一流の武芸者となっていた。相撲、棒術のほか、剣は小野派一刀流、直心影《じきしんかげ》流を学んでいた。

直心影流は、幕末最後の剣豪といわれた、榊原鍵吉の秘蔵弟子であった。榊原は男谷下総守《おだにしもうさのかみ》の門で免許皆伝を得たのち、講武所師範役、将軍家指南役となった人物である。

身長六尺一寸（一八五センチ）、上膊《じょうはく》の太さが一尺八寸（五四センチ）あったといわれる榊原は、常時三貫目《がんめ》（一一・二キロ）の振り棒を振り、十五貫目（五六キロ）の棒を振ることができたといわれている。

直心影流は、三尺二寸（九六センチ）の短柄竹刀《たんぺいしない》を使い、実戦さながらの荒稽《あらげい》古《こ》が特徴で、「直心影の薪割《まきわ》り稽古」といわれるほどであった。

面を打たれれば、面金《めんがね》が曲がるといわれる猛烈な打ちこみに耐えなければ、榊原の地獄道場での稽古はできないと、いわれていた。

惣角は明治六年（一八七三）、数え年十四歳で下谷《したや》の榊原道場へ入門した。会津力士隊隊長であった惣吉と榊原は旧知の間柄《あいだがら》であったので、入門はすぐに許された。

惣角は道場へ出てみて、驚いた。防具をつけたままの弟子たちが、失神して隅《すみ》のほうに鮪《まぐろ》を転がしたように倒れているのである。

朝五時になると大豆を撒《ま》くので、道場では飛びこみ面などは、足のうらが痛くてとてもできない。完全な摺《す》り足でなければ、一歩も動けない。

鍵吉と竹刀を交えむかい合うと、聳えたつ高峯《こうほう》にむかったように、気魄《きはく》に圧倒され、面を打たれると、身構えしていてもたまらず尻餅《しりもち》をつく。

落とし突きで羽目板に突き飛ばされると、背を打ち当て、はねかえっていくところを、こんどは面を打たれ、失神する。

惣角も失神して、顔に水をかけられ眼をさますと、だらしなく青洟《あおばな》を垂らしている。

朝食は七時にとる。食器はなく、与えられるのは節を抜いた小さい竹筒一本である。台所には大鍋《おおなべ》に雑炊粥《ぞうすいがゆ》が炊かれていて、弟子たちは竹筒で粥を吸いあげる。そうするのは、面を外さないためで、竹筒は面金のあいだから口に入れるのである。

惣角のような新参者が吸う時分には、粥はほとんどなくなっており、三口か四口を吸うだけで食事は終わってしまう。

空腹で動けないのをがんばり抜かねば、内弟子としてとどまれない。新規入門者は空腹をこらえ、さらに二昼夜、三昼夜の立ちきり稽古をこなさねばならない。

このような苦行に堪えられない者は、一週間以内に逃亡した。

惣角は窮余の策として、女中の手助けを思いつく。彼は薪割り、掃除、風呂焚《ふろた》きなどを手伝い、女中から焦《こ》げ飯などを貰《もら》い、ようやく飢えをしのいだ。

彼は地獄道場での試練に堪えぬき、撃剣会興行にも参加したのち、会津に戻ってきた。

明治八年（一八七五）、十六歳のとき、福島県伊達《だて》郡霊山《りょうぜん》神社の宮司《ぐうじ》、保科近悳が、惣角を大東流合気柔術の後継者として迎えにきた。

保科の旧藩時代の名は、会津藩主席家老西郷頼母である。維新後、藩祖の保科家を継ぎ、改名した。

武者修行

保科は明治八年当時、日光東照宮権宮司《ごんぐうじ》をもつとめていた。惣角の兄惣勝は保科のもとで神官修行をしていたが、たまたま急病で死亡したので、惣角が兄のかわりに東照宮へ呼ばれた。

武田家は代々御伊勢の宮の宮司《ぐうじ》であるため、惣角もいずれは父のあとを継がねばならない。

保科には子供がいない。彼は大東流合気柔術を、惣角の祖父惣右衛門《そうえもん》から伝授され、道統《どうとう》を継いでいるが、後継者として惣勝を考えていた。

ところが惣勝が急死したため、惣角に流儀の秘伝を伝えようとした。惣角は日光東照宮で、神宮修行とともに大東流を学ぶが、半年も経たないうちに、また会津に戻った。

若い彼には東京で剣術修行をした、刺戟《しげき》の多い生活が忘れられない。

日光の神域ですごす平穏な朝夕が堪えきれず、漂泊の思いに誘われ、保科のもとを去ったのである。

惣角はしばらく郷里に滞在したのち、武芸修行に出かけることにした。

明治九年秋、十七歳の惣角は惣吉から譲り受けた紋付羽織袴《はかま》で、武田家重代《じゅうだい》の刀を天秤《てんびん》がわりにして防具袋を担《かつ》ぎ、悠然《ゆうぜん》と高下駄《たかげた》で郷里を出た。

彼は大阪の桃井春蔵の道場を、めざしていた。父から餞別《せんべつ》も貰《もら》い懐中はあたたかい。

御池田から会津喜多方《きたかた》へいく途中、渡船場がある。川幅がひろいので橋をかけられず、川の向こう岸へ張り渡した太綱につないで流されないようにした渡し船がある。船頭が水棹《みさお》を操り客をはこぶ。

惣角が川岸に到着したとき、船は対岸で客を待っていた。渡船場には茶店がある。惣角は船が戻るのを待つあいだに、そこで休息することにした。

茶店では七十歳ぐらいに見える老女が、鮎《あゆ》を串《くし》に刺しては焼いている。惣角は茶を呑《の》むうち、鮎を一串買った。

老女は耳が遠く、立っていき大声で話しかけないと、言葉が通じない。

「へえ、ありがとうごぜえます」

老女は鮎を串から抜き、皿《さら》に盛って惣角に渡すと、手にした鉄串を、ふりむきもせず肩越しに後ろへ投げた。

惣角は老女の動作がつりあいよく、水際立《みずぎわだ》っているのに眼をみはり、ふりかえっておどろく。

一間（一・八メートル）ほど後ろの柱には藁《わら》が巻きつけられており、そこに三十本ほどもあろうと見える鉄串が、一寸間隔で刺さっていた。

「うーむ、これは見事だ」

惣角は武芸者に数多く会い、手裏剣《しゅりけん》術の達人の技をもしばしば見たが、いずれも前方投げにきまっていた。

老女のようにふりかえりもせず後ろへ投げ、一寸間隔に刺すような技は見たことがない。

「お婆《ばば》、お前さんおそろしいことができる人だなす。すまねが、二、三回やって見せてくれねすか」

「いいっぺ」

老女は笑って、さっきとおなじしぐさで、無造作に鉄串を後ろへ投げる。狙《ねら》いは一度も誤らなかった。

「お婆、手裏剣術を習ったのかや」

聞いてみると、老女はかぶりをふる。

「俺《おら》は若《わけ》え頃から、ここで茶店をしてっぺ。はじめは鮎を抜いた串を、立っていって柱に刺していたっぺが、年をとって体が鈍《なま》ってからというもの、立たずに後ろへ串を投げるようになったのっしゃ。柱へうまく当てるようになってから、もう十四、五年も経つっぺえ」

惣角は、世間は広いものだ、慢心してはいけないと自戒する。

彼はその後、手裏剣後方投げの稽古をするが、ついに老女の妙技には至らなかった。

惣角は東京から東海道を西へむかった。東北、関東の悪路とはちがい、東海道は路面が平坦《へいたん》で、道中の景色が絵のようである。

大勢の旅人が、行《ゆ》く手《て》にあらわれる絶景をたのしみつつ、往来していた。

惣角は小田原宿《おだわらじゅく》のあたりまできて、誰《だれ》かが自分をつけているのに気づいた。草鞋《わらじ》の紐《ひも》を締めなおすふりをしてふりかえると、通行人のなかに怪しい男を見つけた。

彼は菅笠《すげがさ》をかぶり、笠の下に手拭《てぬぐ》いをかぶって、顔をなかば隠すようにしていた。

惣角に十間（一八メートル）ほど遅れてついてくる男には、見おぼえがない。故郷会津を遠く離れ、知りあいがいるはずもなかった。

（どうもふしぎだ。あいつはいったい何者だろう）

なにげなく足をとめると、男も休む。歩きはじめると、ついてくる。後戻りすると、男も戻っていく。

ついに惣角は追いかけた。男は敏捷《びんしょう》に逃げ、たちまち姿をくらませた。惣角は気味がわるかった。これまでにそのような体験をしたことがない。

夜になって、惣角は小田原の安宿に泊まった。二階の部屋へ通されたが、薄暗い行燈《あんどん》がぼんやりと光を溜《た》めている室内は暗い。

夕食をはこんできた女中が、行燈のかげから飯を茶碗《ちゃわん》に盛ってさし出すと、白い顔と飯の白さだけが、薄暗がりに浮かぶだけである。

膳《ぜん》のうえの皿さえも、たしかに見分けられない暗さのなかで、夕食をすませた惣角は、はやめに床についた。

道中の疲れもあって熟睡し、夜半に眼ざめると厠《かわや》へ立った。

戻ってみると、布団《ふとん》の下に入れておいた重代の大小がない。虎徹《こてつ》の大刀と正家《まさいえ》の脇差《わきざし》で、いずれも銘刀であった。

惣角は階段を駆け下り、主人を呼び起こす。

「布団の下に入れておいた大小が、厠へいっているあいだに、かき消えているのだ。誰かが盗んでいったのだろうか」

主人は首を傾《かし》げる。

「はて困りましたな。その刀はおっしゃるとおり、誰かに盗まれたのでございましょう。東海道一帯は、生き馬の眼を抜くといわれるほど、護摩《ごま》の灰《はい》が大勢おります」

「なんだ、護摩の灰というのは」

「昔、弘法大師《こうぼう》の焚《た》いた護摩の灰といつわって、ふつうの灰を高く売りつけた、いんちき商売をする連中のことを、そう申しております。いまは道中の旅人に、追っても追っても離れず、まといつく蝿《はえ》のようにしつこくまつわりつき、隙《すき》をみて持物をかすめとる、こそ泥《どろ》のことを、護摩の灰と申しております。お客さまは、ここへくるまでの道中で、なにか変わったことに、お気づきではございませんでしたか」

惣角は、昼間のふしぎな男のことを思い出す。

「そういえば、俺のあとをつけてきた、妙な男がいたな」

「そいつは、どんな身なりで、顔つき、体つきはどのようでございましたか」

「うむ、痩《や》せぎすの四十がらみの奴《やつ》であったが」

惣角は思い出すままに、ふしぎな男の人相、風体《ふうてい》を告げた。

宿の主人はうなずいた。

「いまお聞きして、およその見当がつきました。そいつはおおかた般若《はんにゃ》の辰《たつ》という男でしょう。背中に般若の面、右腕に龍《りゅう》の彫物《ほりもの》があり、東海道を股《また》にかけた悪党のうちでも兄哥《あにき》分でございます。このところしばらく見かけなかったのに、夕方町はずれでうろついているのを見たと、うちの番頭が申しておりました。ですから、お客さまの刀を盗んだのは、まず辰にちがいありません」

主人は腕を組み、考えこむ。

「しかし、失礼ですが剣術遣《つか》いの刀を盗むなんざ、辰の仕事としちゃ不間《ぶま》なことですねえ。御一新《ごいっしん》まえなら刀も値打ちがありましたが、いまは士族さまはご難の世で、刀なんぞいくらでも安く売っております。それゆえ、お客さまのようなお方より、大店《おおだな》の主人のような人の懐中を狙うほうが、割りがいいんですがねえ」

「しかし、あの大小はわが家の宝だ。めったに手に入るようなものではない。なんとしても取り戻したいものだ。般若の辰を捕まえる手だてはないものだろうか」

主人はしばらく考えていたが、やがて答えた。

「うちの宿で災難にお遭いなすったのですから、私にも責任がございます。護摩の灰は、仕事をした土地にはしばらく寄りつかぬものですから、たぶん辰は明日には西のほうの宿場へいっているにちがいありません。お客さまは先まわりして三島宿《みしましゅく》辺りへいき、待ち伏せておられたなら、辰を捕まえることができるかもしれませんよ」

主人は三島のたから屋という宿屋の主人に添書《そえがき》をしたためてくれた。

惣角はさっそく三島宿へむかった。到着すると、たから屋へ出向く。たから屋の主人は添書を読んで、惣角にいう。

「般若の辰は、ここしばらく三島にはきていませんねえ。だから近いうちにくるかもしれませんね。それまで、うちにいればいいですよ」

惣角は、たから屋の風呂番となった。

入浴する客に、般若の刺青《いれずみ》をした男がおれば、その場で捕らえてやるつもりであった。

六日めの夕方、宿の主人が惣角に教えた。

「お客さん、辰がきましたよ。あいつがお客さんのあとをつけた怪しい奴か、風呂場でじっくりたしかめておくんなさい」

惣角は風呂場のそとで待ちかまえていた。

辰がやってきた。背中に般若、右腕に昇り龍の刺青をしている辰は、惣角のあとをつけた怪しい四十男にちがいなかった。

惣角は戸の隙からよくたしかめたうえ、辰に飛びかかった。

「なにをしやがるんでえ」

辰は小柄な惣角を、はねかえそうとしたが、大東流三ケ条巻き詰めという極《き》め業《わざ》で捻じ伏せられ、激痛に悲鳴をあげた。

「い、いてえ。殺すのか、俺を。やめてくれ」

辰は脂汗《あぶらあせ》を流し、惣角に頼んだ。

「貴様、小田原宿で俺の布団の下から大小を盗んだな。どうだ、白状しろ」

「そんなことは知らねえ。ひとに濡《ぬ》れぎぬを着せやがって、なんてえ乱暴なことをするんだ。巡査の屯所《とんしょ》へ訴えてやるから、そう思え」

「おう、何とでもいうがいい。そのまえに、貴様がこののち悪事をはたらけないよう、両腕をへし折ってやる」

惣角が腕を捻じあげる。

「この野郎、なにをするんでえ」

大声をあげ反抗する辰は、関節がきしむほど捻じあげられると、ついに弱音を吐《は》いた。

「わ、若旦那《わかだんな》え。白状しますから腕だけは折らずにおいておくんない。たしかに刀は盗みやした。お返しいたしやすから、手をゆるめておくんなせえ」

惣角が手を放してやると、辰は溜息《ためいき》をつき、冷汗を拭《ふ》きながらいう。

「刀はあるところに預けておりやす。二日のあいだお待ち願えれば、取り戻して参《めえ》りやす」

惣角は、傍《かたわ》らにいるたから屋の主人をふりかえった。

「ご主人、こいつはこんなことをいうが、俺をだまして逃げるつもりじゃないのかね」

いわれて主人は辰にきめつける。

「おい辰、お前はお客さまの大切なお持物を盗んだ大悪人だ。いま聞けば、二日ののちに返すということだが、もしそのまま逃げるようなら、お上《かみ》に願い出て、お前を捕縛していただくぞ。どうだ」

辰は低頭した。

「旦那、あっしも東海道で裏稼業《うらかぎょう》をいとなみ、なんとか食っていってる男だ。海道筋で皆に爪《つま》はじきされちゃ、商売ができねえ。けっして仁義に外れたことは、いたしやせん」

たから屋の主人は、惣角にいった。

「お聞きのとおりでござんす。この連中は、悪事ははたらきやすが、約束はやぶらないものでさ。だから、ここは辰のいうとおりにさせてやるのが、ようござんすね」

辰は惣角のまえに手をつき、額を畳にすりつける。

「お客さま、このたから屋さんで、あと二日ご逗留《とうりゅう》なすっておくんなせえ。刀はきっと持って参りやす」

惣角はやむなく応じた。

「分かった。かならず持ってこいよ。もし約束を破ったときは、草の根わけても貴様を探し出し、手足をへし折ってやるからな」

辰は頭をかいた。

「おどかさないでおくんなせえ。あっしゃこれでも気がちいせえんだから。若旦那、ひとつお詫《わ》びのしるしに、一献《いっこん》さしあげたいものでござんすが、いかがでしょう」

惣角は辰の座敷へいき、夕餉《ゆうげ》の膳をともにすることになった。

辰は盃《さかずき》を取りかわすうち、いいはじめた。

「若旦那は、まだはたちまえでござんしょう」

「うむ、十七歳だ」

「そうでしょうねえ。しかし世間にはおそろしいお人もいるもんだ。若旦那は人を斬《き》ったことがおありでござんしょう」

惣角は答えなかったが、たしかに会津にいるとき、やくざの喧嘩《けんか》に巻きこまれ、六人を斬ったことがあった。

辰は言葉をつづける。

「あっしゃあ十二、三歳でこの道に入《へえ》りやした。親方について盗《ぬす》っ人《と》の手管《てくだ》を教えられ、ひとり立ちしたあとも、いろいろ工夫して、近頃ようやく般若の兄哥といわれるようになって参りやした。人さまのものを盗むのは、いってみれば真剣勝負とおなじことでござんすよ。捕まえられたときは腕を斬り落とされ、殺されても文句はいえやせん。一回ごとに命懸《いのちが》けの勝負であるのは、斬り合いとおなじことでござんすねえ。

東海道を通る旅人さんなら、あっしゃひと目で人柄《ひとがら》も、持金《もちがね》の高もおよその見当はつけられやす。主に大店《おおだな》の主人らしい旅人の懐《ふところ》を狙って、外したことはありやせん。また剣術の武者修行のお人も、よく見かけやすが、紋付羽織袴をつけ、剣術道具を肩に担ぎ、物見遊山《ものみゆさん》のような気分で歩いているのを見ておりやすと、隙だらけでござんすねえ。剣術遣いは真剣勝負で命を全《まっと》うするための稽古《けいこ》だのに、この有様じゃとても駄目だと思って、わざとそんなお人の持金を盗んだことも再々ありやした。

そうすると、路銀に窮し、そのまま家に帰るお人もござんす。またふた月、三月をがんばるお人もござんすよ。しかし、三月ぐらいの修行では、とても本物の武芸者にはなっておりやせん。ところが、なかには三年経って、道中でまた会うお人もおりやすねえ。そんなお人は本物だ。髭《ひげ》ぼうぼう、眼光はするどく瘦《や》せこけていて、三年まえの立派な羽織袴は破れ果て、すだれのように糸が垂れておりやす。ところが全身からおそろしい気合いがにじみ出ていて、とても傍《そば》へ近寄れるようなもんじゃ、ござんせん。相手がこっちを三年まえに持金を盗んだ野郎だと知らないのが、さいわいというものでござんすよ。こりゃ、この人は本物の武芸者になったなと、かげながらよろこんだことも、ありやした」

惣角は思わず笑った。

「金を盗んで困らせた相手が、えらくなったら、うれしいのか。では貴様はどうして俺の刀を盗んだのだ」

辰は頭をかきつつ、告白した。

「実は意地になったのでござんすよ。私は若旦那を見かけたときから、こりゃただものじゃねえ、ひとを斬ったことのある男だなと思い、どんな素姓かとつい気をひかれてあとをつけやした。ところがすぐ察しとられ、追いかけられたので、意地になって、若旦那がお宿へ入るのをたしかめやした。やがて二階に行燈がついたので、お泊まりのお部屋がどこか分かりやした。あとは、こっちのものでござんすよ。首尾よく刀を盗み、仲間に預けたのでございやした」

「そうか、そんな事情であったのか。それなら刀さえ返してもらったら、お前に用はない。警察屯所に突き出したりはしないから、安心しろ」

惣角は辰を信用して放してやり、たから屋で二日待った。刀は無事に戻ってきた。

惣角は名古屋から東海道を離れ、岐阜にむかった。岐阜の在に名高い新陰《しんかげ》流の遣い手の道場がある。

尾張地方の平坦な道路を北へすすみ、木曾《きそ》川を渡るとまもなく、嶮《けわ》しい山道に入った。

七折れの峠の麓《ふもと》にさしかかると、茶店があった。惣角は茶店へ立ち寄って、ひと休みする。

六十過ぎにみえる親爺《おやじ》に焼き餅《もち》を注文すると、話しかけてきた。

「お若い衆、これから峠を越えなさるのかねえ」

「うむ、そのつもりだが。日が落ちるまえに峠を越えたいのだ」

親爺は手を振った。

「それは無理だよ、この峠はなかなか嶮しいから越えるまえに暗くなるだろうねえ。今夜はうちへ泊まって、明日の朝、旅人さんが大勢通るようになってから、いきなさるがいいのだわ。日が暮れりゃ、山賊が出るから危なかろう」

「ほう、山賊か。大勢いるのか」

「なんでも三人ということだわ。どうも士族崩れで、剣術が達者らしい。こないだも、剣術遣いが二人で退治に出かけ、そのまま帰ってこずじゃ。あんたも気をつけなされや。今夜は泊まったほうがええで」

惣角は山賊が出ると聞くと、かえって好奇心をそそられた。

彼は親爺がとめるのをふりきって、峠を登っていった。繁茂した樹林のなかへ入っていくと、道はすでに暗い。

たかが山賊相手なら、鉄扇《てっせん》で相手してやると、惣角は考えていた。

左手に杉《すぎ》の密生した急斜面、右手が崖《がけ》にのぞむ坂を、ゆっくりと登っていくと、異様な気配がする。

（誰かがこの辺りにひそんでいるようだ。よし、いつでもこい）

惣角は用心しつつ歩む。

突然左手のくさむらをかき分け、毛皮の胴着をつけた百姓風の男が出てきた。

腰に大刀を差している。

「おう、若造待て。用がある」

「何だと、貴様は山賊か。そうだろう」

惣角がいうと、男はいきなり刀を抜いた。

「手前《てめえ》は何だ。巡査が化けていやがるんだろう。巡査なら生かして帰さねえ」

いうなり斬りかかってきた。

惣角が体をかわし、後ろを見ると、いつのまにか二人の男があらわれ、いずれも刀を抜いていた。

小天狗《こてんぐ》、西へ

惣角は総鉄造り二百匁《もんめ》（七五〇グラム）の鉄扇を、腰から抜き打ちに、前の男のこめかみに打ちこむ。

男は一撃で気を失い、あおむけに倒れた。惣角はふりかえるなり、拝《おが》み打ちに斬りつけてきた後ろの男の刀身をはじき、眉間《みけん》に鉄扇を打ちこんだ。

さらに身をひるがえし、残ったひとりに、鉄扇を片手青眼に構え近づいていく。

「畜生めっ」

相手は叫ぶなり、惣角の膝《ひざ》を横薙《よこな》ぎに払ってきた。

惣角は刀身を打ち落とし、右腕に気合いをこめた一撃を加えた。男の腕がまっすぐぶらさがる。骨が折れたのである。

頭を打たれた二人は意識が戻らなかったが、腕を折られた男は泣き叫ぶ。

惣角は傍《かたわ》らに寄り、男に告げた。

「汝《なんじ》らがこののち山賊の所業ができぬよう、両足を叩《たた》き折ってやる」

惣角は三人の足首を鉄扇で打ちすえ、骨を砕いたのち、悶絶《もんぜつ》する彼らを尻目《しりめ》に山を下りた。

岐阜に到着した惣角は、早朝に町はずれの道場を訪れた。柔剛館《じゅうごうかん》と標札のかかった立派な道場である。

先生は四十がらみ、長身の威厳にみちた風采《ふうさい》であった。

「儂《わし》は早坂三五郎《はやさかさんごろう》というて、この道場の主人だで。いま着いたのかね」

「さようでございます。途中で野宿をいたし、ただいま着きました」

「そうか、では疲れているじゃろうが、まず門人に稽古をつけてやってくれんかね」

早朝に到着した武者修行者には、まず朝食をふるまうのが礼儀である。

だが早坂という先生は、惣角に空腹のまま稽古をせよという。

これは他流試合を挑《いど》んできたと見て、俺を弱らせようとしているのだと、惣角は察した。

鍛錬をつんだ惣角は、玄関ではじめて先生を見たとき、これはただの腕前ではないと察していた。

（この先生は、どう見ても俺よりはるかに上の腕であるのに、俺に飯も食わせねえで弱らせようとは、どういう了簡《りょうけん》だべか。よほど用心深いのだべ）

惣角は不満を抱きつつ、道場にあがり、稽古着、防具をつける。

武者修行者は、どこの道場でも、他流試合を所望するので警戒はされるが、親切な待遇を受けるのが通例であった。

修行の旅をつづけている者は、さまざま苦労を重ねている。たとえば橋である。明治初年は、どこの町村でも橋の袂《たもと》に番人を置き、五厘《りん》、一銭の通行料をとっていた。

つねに所持金に窮している武者修行者は、川を渡る橋銭《はしせん》がないため、泳ぎ渡るよりほかはない。

また雨が降ると道は泥濘《ぬかるみ》となり、臑《すね》を没することもめずらしくはなかった。朝宿を出るとき、新しい草鞋《わらじ》を履《は》き、ほかに二足の草鞋を腰に吊《つ》るすが、日に十里（四〇キロ）を歩けば草鞋はすべてすり切れてしまう。

このような修行者の苦労は、剣術遣いであれば誰でも知っている。名の聞こえた格式ある道場を訪ねると、まず馳走《ちそう》が出る。

腹ごしらえを終えたところで、道場主が礼をつくして修行者に頼む。

「お疲れのところ申しわけないが、門人どもに稽古をつけてやってくださるまいか」

修行者は依頼に応じ、門人に稽古をつける。

稽古は決して厳しくおこなってはいけない。軽く打ちこみつつ門人の長所をほめあげ、欠点をそれとなく指摘し、上手《じょうず》に指導しなければならない。

大道場では、四、五十人に稽古をつけることもあった。

まず六、七人に稽古をつけた辺りで、道場主が声をかける。

「その場でお休みください」

修行者は声に応じ、面をつけたまま竹刀《しない》を杖《つえ》に、しばらく休息をとる。

さらに七、八人への稽古を終えた辺りで、道場主がまた声をかけてくる。

「面をとってお休みください」

そこでようやく面を外し、坐って休息できる。

修行者が道場主の声のかからないうちに、稽古に疲れたからといって、勝手に面を外し休息すれば、意気地のない不埒者《ふらちもの》として道場から追い出されるのである。

道場主は師範席から修行者の稽古ぶりを眺《なが》めていて、その腕前、得意技などを見定めておく。

修行者が大勢の門人と稽古をして、体力を使い果たし、立っているのもようやくの疲労困憊《こんぱい》の状態となったとき、はじめて道場主が立って試合を所望する。

「それでは私と、三本勝負をいたそうではありませんか」

疲れきった修行者は、先生と試合をして簡単に負ける。

それが他流試合の礼儀というものであった。もし道場主に勝てば、面目《めんぼく》を潰《つぶ》したとあって、冷遇されるのはもとより、殺されるかもしれない。

惣角は武田家伝来の騎馬刀法である、片手青眼、片手打突《だとつ》を、さかんに用いた。彼は左利《ひだりき》きであるため、竹刀を左右交互に使い分け、疲れた腕を休ませつつ敵を攻める刀法に長じていた。

片手刀法はどの土地へいっても珍しがられ、注目の的となった。惣角は他流試合におもむいた道場では、必ずはじめの一本をとり、二本め、三本めは負けることにしていた。

とりわけ腕が立たないと見た先生には、試合をするまえに辞退する。

「さきほどから見取り稽古をさせて頂いておりますが、私のような弱輩では、とても先生に歯が立ちませぬゆえ、試合はご辞退申しあげます」

道場主は勝ちを譲られたと察して、惣角を優遇する。

「あなたは、たいへん修行を積んでおられるようだ。このさき十日ほど滞在して弟子に稽古をつけてやってください」

いわれるとおり足をとどめ、門人に稽古をつけてやると、去り際《ぎわ》に草鞋銭《わらじせん》と、つぎに訪れる道場への紹介状がもらえる。

腕の未熟な修行者は、もちろんどこの道場でも相手にされないが、慢心して門人の稽古に際し荒い技をみせ、増長の態度をあらわすと、たちまちいく先々の道場で門前払いの憂《う》き目をみる。

武者修行は、勝負にこだわらず諸流を修行すれば、目的を達することができる。困窮に堪え、慢心を押さえる旅によって、心胆を練磨《れんま》するのである。

だが、岐阜の柔剛館主早坂三五郎の扱いには、惣角もしだいに怒りをおぼえてきた。空腹のまま門人たちの稽古をつけているのに、いっこうに「休め」とも、「面を外せ」ともいわない。

左右の片手青眼で、およそ二十人ほどと稽古をしたが、師範席に坐ったまま、黙って見ているのみである。

（この野郎、よほど根性がねじくれていやがるな）

こんな道場はこちらから敬遠したほうがいい。

はやく稽古を切りあげ、退散しようと思うが、尻尾《しっぽ》を巻いて逃げ出したと嘲《あざけ》られるかもしれないので、意地を張って我慢した。

門人たちは三十五、六人もいて、壁際に居流れ、惣角に稽古をつけてもらっている相手を、さかんに応援する。

「肘《ひじ》打て、肘打て」

彼らはまだ小僧としか見えない若年の惣角に、片手青眼でかるくあしらわれてたまるかと、敵意を剝《む》き出してくる。

防具はずれの肘を狙《ねら》い、打ちすえて動きをとめようとする。卑劣な攻撃を、惣角ははねのける。

門人たちは肘を狙い、外されると胴を打ち、さらに小柄な惣角をはね飛ばそうと体当たりをかけてくる。

惣角は彼らを左右の片手突きで退《しりぞ》けるが、相手は肘打ちが通じないと、膝、臑《すね》、肩などに奇襲をかけてくる。

寸刻も気を許せない稽古が、二時間、三時間とつづいた。惣角はこのような意地のわるい扱いをするのなら、どんなことがあっても道場主を試合で負かせてやろうと決心した。

だが空腹に疲労が重なり、ようやく師範代と稽古するところまでこぎつけたところで、ついに失神した。

惣角が気がつくと、道場にあおむけに倒れ、顔に水をあびせられていた。

「動いた、動いた」

「こいつは、生きておるだぎゃ」

門人たちの声にわれに返り、起きあがると、道場でさかんに打ち合う竹刀の音が耳に入った。

彼は立って師範代の傍《そば》へいき、かすれ声で頼んだ。

「私はなんとか早坂先生に一本ご指南を頂戴《ちょうだい》したいのですが、よろしくお願いいたします」

師範代は顔をゆがめ、罵《ののし》った。

「なにをいうか、小僧。貴様はいま気を失っただぎゃ。そんな弱い様《ざま》で、先生に試合をお願いするとは、心得ちがいもはなはだしいぞ。もっと強くなってからこい。そのときは先生に試合をお願いしてやる。とにかく台所で飯を食っていけ。食ったらすぐ出ていくのだぞ」

惣角は台所で食事をした。

腹ごしらえをすると、即座に全身に力が満ちてきた。

（よし、このような目に遭わされては、死んでも帰れぬ。なんとしても早坂と勝

負してやるぞ）

惣角は覚悟をきめた。

当時、住所をさだめず放浪する武者修行者で、道場やぶりに成功したが、そのまま暗殺され、行方不明になった例は、いくらでもあった。

惣角は殺されるなら、父祖伝来の虎徹《こてつ》をふるい、死人の山を築いてやると眼《め》をいからせ、道場に戻る。

「小僧、またきやがったな。稽古の邪魔だ、帰れ、帰れ」

追い返そうとする師範代の手をすりぬけた惣角は、師範席の早坂のまえに走り寄った。

「先生、どうか一本ご指導をお願いいたします。せっかく先生のご高名を慕って参ったのに、これでは帰るに帰れません」

早坂は惣角をつまみだそうとする師範代を押しとどめ、承知した。

「一本だけだぞ、いいな」

惣角がもはや精根つき果てるまでいためつけられているので、ろくなはたらきはできまいと、見くびったのである。

「ありがとうございます」

惣角はこおどりする思いを押さえ、稽古のときに使っていた竹刀を、武田家伝来の銅線入りの竹刀と取りかえる。

門人たちは道場の壁際に居流れた。

道場の中央に、たがいの竹刀が十文字に置かれる。防具をつけた双方が会釈《えしゃく》しあうと、先生は竹刀をとって二間ばかり飛びさがった。

惣角は竹刀を取るなり、双手《もろて》上段にふりかぶった。早坂は青眼に構えている。

惣角はかまわず踏みこみ、先《せん》をとって早坂の面を電光のように打つ。

榊原鍵吉直伝の唐竹《からたけ》割《わ》りの面を打ちこむなり、双手突きを渾身《こんしん》の力できめた。

ふつうの竹刀であれば弓なりになる激しい突きを、銅線入りであるため、まっすぐ突きこむ。

早坂はたまらずあおむけに倒れる。

しばらく意識が朦朧《もうろう》としていたが、ようやく立ちあがり、かすれ声で挑んだ。

「もう一本」

「いかさま」

惣角はただちに応じた。

二本めも双手上段にとった。早坂は青眼である。むかい合ったとたん、惣角は勝てると読んだ。

早坂の全身から気魄《きはく》が抜けている。

「ええいっ」

惣角は一気に踏みこみ、またも双手面から双手突き。

早坂ははじき飛ばされるようにのけぞり、道場をゆるがせ引っくりかえる。

門人たちは血相を変え、総立ちとなった。

ようやく起きあがった早坂は、怒声を放った。

「やりおったな、小僧。こんどこそ息の根をとめてやるぞ」

三本めの勝負で、早坂は青眼から小手、面と打ちこんできた。

だが、惣角の双手面、突きのほうが早かった。惣角の突きは早坂の面垂れの下に剣尖《けんせん》が入り、じかに喉《のど》を突きあげた。

三度転倒した早坂は、唸《うな》り声をあげ悶絶《もんぜつ》した。

「先生、どうなされた」

「しっかりしてくだされ」

弟子たちが早坂を取りかこみ、騒ぎたてる隙に、惣角は荷物を担ぎ、はだしで道場の外へ走り出た。

ぐずついておれば殺されるところを、彼はかろうじて逃げおおせた。

早坂先生は、腕前は惣角よりはるかに上まわっていたが、油断したため試合に敗れたのであった。

彼ほどの大先生になれば、諸流の太刀《たち》筋《すじ》をすべて知っていて、小手先の技は通じない。惣角は必死の気魄《きはく》で彼を圧倒したために、望外の勝利を得られたのであった。

惣角は大阪に無事に到着すると、さっそく桃井春蔵の道場を訪ねた。桃井が南河内《みなみかわち》郡の誉田八幡宮《こんだはちまんぐう》の宮司《ぐうじ》をしていることは、あらかじめ知っていた。

千葉周作、斎藤弥九郎《さいとうやくろう》とともに、幕末の江戸で剣名をうたわれた桃井春蔵直正《なおまさ》は、徳川慶喜《よしのぶ》の護衛の任につき、遊撃隊長をつとめた人物であった。

明治になってのち、新政府は彼が旧幕府士族に慕われているため、危険人物とみて、大阪府下の神社宮司に封じこめ、動静を看視していた。

惣角は熱心に修行して、桃井春蔵の手のうちを読みとり、稽古試合をしても互角の勝負をするようになり、桃井門下で会津の小天狗と異名をとるほどに、上達した。

剣術稽古に精進する日を送るうち、年がかわり、明治十年（一八七七）となった。二月十五日、西郷挙兵の報が伝わったとき、惣角は胸をおどらせた。新政府を転覆させる好機至れりと、彼はただちに西郷軍に参加する覚悟をきめた。惣角が大阪へきたのは、剣術修行のためだけではなかった。

前年から薩南《さつなん》の風雲が急であると知って、西郷の挙兵を待つために西下したのである。彼は八歳のとき会津落城の悲運を眼《ま》の辺りにして、新政府に憎悪《ぞうお》の念を抱いていた。

同門の庄内士族の白鳥《しらとり》も、惣角とおなじ覚悟であった。惣角は西郷軍の熊本城攻囲の報が伝わった夜、白鳥から話しかけられた。

「武田、お主は西郷の挙兵をどう思うかね」

惣角は内心を探られているように感じたので、警戒しつつ答えた。

「いまの政府の政治はなっておらん。全国士族をいたずらに路頭に迷わせるのみで、何の手も打たないではないか。西郷が立ったのも当然のことだ」

白鳥はただちに応じた。

「うむ、俺《おれ》も同然だよ。庄内藩は西郷には恩義がある。戊辰《ぼしん》の役のとき、会津とともに焦土《しょうど》とされるところを、西郷のおかげで降伏を認められたのだ。俺は、たとえ西郷勢が憎い薩摩の芋侍であっても、加担して政府を滅ぼしたいのだが。お主の意見はどうだ」

惣角は白鳥が警察の密偵《いぬ》ではないかと疑っていたが、彼の熱誠《ねっせい》あふれる言葉に動かされ、内心を打ちあけた。

「実は俺が大阪へきたのも、西郷決起のときには、彼の麾下《きか》に馳《は》せ参じようとの下心あってのことだ」

白鳥は狂喜して、惣角の手を握った。

「そうか、では俺たちは同志ではないか。ともに手をとって戦おう」

二人は薩摩隼人《はやと》に戊辰の恨みはあるが、新政府を転覆し、思うがままに暴れまわってやりたいと、若い野心を燃やしていた。

二人は三月になると、内心を桃井春蔵に打ちあけた。

「私どもは西郷勢に加担いたしたく、これより出立させていただきとう存じます」

春蔵はおどろいてとめた。

「両君の気持ちは分からぬでもないが、西郷の挙兵は所詮《しょせん》は無駄《むだ》なあがきとなるにちがいない。新政府にいろいろ不満があるのは私も同様だが、なんといっても鎮台《ちんだい》の武力は強大だからな。君たちのような前途ある若者が、わざわざ危地に飛びこむことはあるまい。とりわけ武田君については、東京の榊原殿からも、軽挙をいましめてほしいと手紙をもらっている。こんどの戦《いくさ》には、佐川官兵衛《さがわかんべえ》殿をはじめ、会津人の巡査隊が参戦するとも聞いておる。君が西郷勢に加担すれば、同郷人と戦うことになるぞ」

惣角は東京の榊原道場にいるとき、師の榊原鍵吉に、将来西郷が挙兵するときは同調し、ひと暴れしたいものだと内心を洩《も》らしていた。

榊原は惣角がかねての願望のままに、九州へ奔《はし》るのを懸念《けねん》し、春蔵に惣角の監督を依頼したのである。

惣角と白鳥は、春蔵の引きとめるのをふりきって、神戸港へむかった。大阪、神戸は警官が非常警戒の体制をとり、九州へむかう乗船者をきびしく検問していた。

鹿児島訛《なまり》、肥後訛の男はすべて乗船を拒否される。刀を菰《こも》につつみ、富山の売薬商に変装した二人は、北国訛を信用され、無事乗船に成功した。

だが大分県鶴崎《つるさき》港に上陸してのち、惣角はたちまち巡査隊の誰何《すいか》に遭った。

「これ、そこの小さいの。名前をいってみろ」

「山田惣吉《やまだそうきち》でごぜえます」

「うむ、嘘《うそ》をいうな。お前は武田惣角じゃ。連れの者は何という」

「白井弁次郎《しらいべんじろう》と申します」

「お主は白鳥が本名じゃ。二人とも大阪の警察から知らせてきておる。西郷軍に入るつもりじゃろうが、そうはいかん。すぐ大阪へ引っ返せ」

小柄な惣角は、巡査の眼につきやすい。

道を変えて熊本へ潜入しようと試みるが、幾度となく失敗する。ついに白鳥は音《ね》をあげた。

「どうも二人連れでいると、いかん。このさきは別々にいこうではないか。熊本で再会すればよいのだ」

惣角はやむなく白鳥の提案に応じた。

異形《いぎょう》の男

白鳥と別れた惣角は、しばらく鶴崎に滞在し、軽業師《かるわざし》の一座に加わって糊口《ここう》をしのぐこととなった。

惣角は身軽であるため、短期間の稽古《けいこ》で玉乗りができるようになった。ほかに持っている芸当は、手裏剣《しゅりけん》投げと白紙切りである。

惣角の手裏剣の技は、武者修行を重ねるうちに鍛練が行きとどいていた。彼は所持金を費《つか》い果たしても、山に入りさえすれば、手裏剣のおかげで飢えを凌《しの》ぐことができた。

当時は街道脇《かいどうわき》の山に入れば、狐《きつね》、狸《たぬき》、兎《うさぎ》などが群棲《ぐんせい》しており、人を見ても逃げない。惣角は小動物を見つけると手裏剣で打ちとめ、火を起こしあぶって塩をつけて食う。

武者修行者で、中途に挫折《ざせつ》して帰郷するのは、手裏剣術の下手な者にきまっていた。諸国を放浪するうちには、飢えに迫られる日がかならずくる。そういうとき山に入り、兎や狸などをめがけ手裏剣を投げつけても当たらず、くさむらなどに落ちこんで、探しても見当たらないとなれば困窮する。ついには手持ちの手裏剣をすべて失い、餓死しかねない窮境へ陥ってやむなく帰郷するのである。

軽業師の座長は、惣角の手裏剣投げと白紙切りの技が、一座の看板となる芸であると認めていた。

玉乗りなどであれば、ほかの芸人でもできるが、惣角のふたつの芸は、武道鍛練に裏づけられた凄《すさ》まじい威力をあらわす。

「武田さんのまねは、誰もできないねえ。やっぱりお侍の芸だからねえ」

磨《と》ぎすました手裏剣を、三間（五・四メートル）離れた一寸（三センチ）角の的に、一本も外さずに当てるのを見た座長は、戦慄《せんりつ》を禁じえない。

白紙切りは、手裏剣投げよりおそろしい技であった。

「誰でもいい、半紙を額《ひたい》に当てて立ってみろ」

新入りの惣角がいいだしたとき、座員のひとりが相手になり、半紙を両手に持ち、額に当てた。

「よし、そのままじっとしておれ。俺がその白紙を切ってやるからな。額には傷つけぬから動くなよ」

惣角が虎徹《こてつ》の銘刀を抜き払い、上段に構えると、座員は怯《おび》え、半紙を捨てて逃げた。やむをえず座長が相手をした。

「動けば怪我《けが》をする。じっとしておれよ」

いわれると、かえって体が前後に動くような気がして、座長は眼《め》をつむった。

裂帛《れっぱく》の気合いが聞こえた。

「もういいぜ」

惣角にいわれるままに眼をひらくと、額に当てた白紙は、まっぷたつに切れていた。

「額は何ともないだろう」

座長は頭から額へなでまわしてみたが、かすり傷もついていなかった。

「こりゃ、おそろしい芸当だ。なみの者のできることじゃねえ。武田さん、お前はほんとうに人間だろうね」

天狗《てんぐ》が化けて出たのではないかと、疑う始末である。

惣角は明治十年（一八七七）の春から秋にかけ、北九州を軽業一座の座員として、経《へ》めぐった。旅の好きな惣角は、町々を漂泊する旅芸人の暮らしが気に入った。

だが、九月末になって、西郷隆盛が鹿児島城山の戦いで死んだと知ると、ただちに一座と別れた。西南《せいなん》の役《えき》に参加できる見込みが失われたからである。

（これから東京へ戻るか。いや、せっかく九州までできたのだから、この地で武者修行すべきだ。都合によっては、沖縄まで出向いてもよい）

沖縄では、南蛮殺倒流《なんばんさっとうりゅう》という空手《からて》の流儀がさかんであると、聞き及んでいた。刀を持つ敵十人と、素手で戦っても勝つといわれる、殺倒流の実態をたしかめてみたい。

（とにかく熊本へいってみるか。あの地は昔から武芸のさかんな土地柄《がら》だ。さだめし道場も多かろう）

惣角は軽業一座と別れ、唐津《からつ》から南へ下った。

前途に日取りをきめた用件が待っているわけではなし、気楽な旅である。健脚に任せて歩くにつれ、未知の景色がひらけてくると、惣角はすべての世間の義理、係累《けいるい》から切り離された、孤独なわが存在を意識する。

「俺は自由だ。なにものにも束縛されてはいない」

彼は、明治の書生がもっとも愛した言葉である、自由を満喫する。

旅籠銭《はたごせん》に窮すれば、村の辻《つじ》に立って手裏剣投げの技を披露《ひろう》する。木賃宿に泊まれるほどの鳥目《ちょうもく》は、見物人が恵んでくれる。

西南の役のあと、コレラが蔓延《まんえん》しはじめていたが、惣角の鍛えあげた五体には、はやり病いも寄りつかない。

彼は旅の泊まりを重ね、熊本の町に入った。熊本市街は戦禍をこうむり、焼け野原となっていたが、早くも復興の槌音《つちおと》がにぎやかであった。

惣角は町はずれの安宿に泊まり、さっそく主人に聞いてみる。

「熊本は昔から剣術もさかんだが、槍術《そうじゅつ》の達人が出たところだ。市中にえらい先生はいないか」

主人が即座に答えた。

「熊本の槍《やり》といえば、清正《きよまさ》公このかた天下に名が聞こえとりますたい。町なかにや、槍の先生は大勢ござらっしゃるが、なかでも坂井権右衛門《さかいごんえもん》先生は名人ですばってん、いきなされればよかですたい」

坂井という先生は、本心鏡智流鍵槍《けんそう》の名人であるという。

惣角はさっそく翌朝、坂井道場を訪ねることにした。

彼は幼時から父惣吉に棒術と槍術の秘芸を教えこまれている。そのため剣をとっても突き技において、余人に卓越したものがあった。

彼が手裏剣術と突き技にすぐれているのは、母方の祖父黒河内伝五郎《くろこうちでんごろう》の血を享《う》けているためであった。伝五郎は、もしこの人を江戸に置かば、天下第一人者として名声四海にあまねき、本邦武道界に不朽の名を残したであろうといわれる、武芸十八般の天才であった。

晩年失明したが、手裏剣は的を外すことなく百発百中、槍をとっても門人を寄せつけなかったので「武聖」の称号を受けたほどの人物である。

惣角の槍術の流儀は、先祖より伝えられた武田流ともいうべきものであった。

坂井道場の主人は、七十歳を過ぎた老人であったが、熊本市中に広大な道場を構えていた。

彼は会津からきたという惣角を、こころよく引見し、道場で槍を遣《つか》わせてみた。まだ二十歳にもならない若造ではあるが、下段霞《かすみ》からの突き、刎《は》ねの激しさは、凄まじかった。

坂井先生は、惣角が凡手《ぼんしゅ》でないと見抜いて、丁重に頼んだ。

「貴公はなかなか遣うではないか。先を急ぐ旅でなければ、しばらく当道場に足をとめ、門人どもに稽古をつけてやってくれ」

惣角はいわれるままに、坂井道場に滞在する。

彼は軽業師一座に入ってのち、まえよりも身が軽くなっていた。前後左右へ二間（三・六メートル）ぐらいは一拍子に飛べる。

彼は毎日道場へ出て、門人たちを相手に稽古するうちに慢心してきた。彼の槍先に敵《かな》うものがなく、自在に翻弄《ほんろう》できるからである。

彼はある日、稽古を終えたあとでいいだした。

「諸君と稽古で突き合っていては、どうにも気合いが入らない。一度真槍《しんそう》で立ち合おうではないか。俺は木刀で相手をするから」

門人たちはおどろいた。

「先生、真槍で突けば、体に孔《あな》があきますたい」

「いや、構わぬ。遠慮なく突いてくれ。俺は死んでも文句はいわないから」

惣角が威丈高《いたけだか》にいうので、門人たちもしだいに腹が立ってきた。

肥後もっこすといわれるほどに、熊本人には意地のつよい一面がある。

「そうまでいわれるのなら、お相手いたしますばってん、死んでも苦情のないようお願いいたします」

門人のひとりが、真槍の鞘《さや》を払い、立ちあがった。

彼は惣角の胸や腹を突いて死に至らしめるほどの覚悟はなかったが、足か肩先ぐらいは突いてやってもよいと、考えていた。

坂井師範も、惣角の広言をいまいましく思ったので、あえてとめなかった。

惣角は木刀を上段にとり、真槍とむかい合う。彼は身を左右にひらき、突いてくる槍先を巧妙にかわす。

そのうち、気合いもろとも槍を叩《たた》き落とした。

「ひとりではこのとおりだ。いまひとつ気合いが入らぬから、二人がかりできたまえ」

門人たちは敵愾心《てきがいしん》を募《つの》らせてきた。

「武田氏は、俺たちが殺すまいと手加減しているのが、分からぬようじゃ。それなら構わぬ。本人が死んでもよかといっておるばってん、殺してやろうたい」

二人の門人が殺気をみなぎらせ、槍を取って立つ。

「よし、手加減せずかかってこい。俺を殺すつもりでやれ」

惣角は平然と立ち合う。

「武田君、二人を相手では無理たい。やめなさい」

坂井師範がとめたが、惣角はやめなかった。

いきおいこんでいる彼の技は冴《さ》えわたっていた。槍を構えた二人が、左右から惣角の胸を狙《ねら》い突きこんでくるのを、前後左右に飛びまわり、巧妙に外す。

「えいっ」

機を見て惣角は一撃のもとに、二人ともに打ち負かす。

槍を打ち落とされた門人は、両手がしびれ坐りこみ、しばらくは立ちあがれなかった。

坂井師範は、惣角の離れ業《わざ》に茫然《ぼうぜん》とするのみであった。

惣角は自分の技の限界を試してみたくなった。真槍を持つ二人を相手にするのさえ、常識はずれの危険きわまりない行為であるのに、三人を相手にしてみたくなった。

「二人ではだめだ。三人掛かってこい」

増長した惣角の誘いに応じ、三人が立ちむかう。

道場には殺気がみなぎっていた。

惣角を突き殺しても、住所不定の風来坊であるから、野山に捨てておけばよい。

真槍を提《さ》げた三人が、惣角を取り巻いた。

二人が前後にまわり、一人が右側から槍先をむける。惣角は木刀を上段にふりかぶり、胴を突かせようとした。

気合いするどく突いてきた前からの槍を右へかわすなり、身を捻《ひね》って後ろから突き出す槍にも、空《くう》を突かせる。

右手から腋《わき》の下を狙い突きこんできた槍先は、かわす暇がなく、木刀で打ち落とした。力のこもった片手打ちに槍のけら首が折れ、穂先の付け根が飛んで、惣角の口に当たった。

前歯が二本折れ、ぶらさがったのを、惣角は引き抜いて投げ捨てる。

口のまわりは痺《しび》れ、感覚がなくなったが、惣角は意気さかんに叫ぶ。

「どうした、突いてこい」

だが門人たちは口中から血の噴き出る惣角を見て、闘志を失い槍を引いた。

惣角の口に当たったのが、折れた穂先の柄《え》であったのでよかったが、もし穂先が当たっておれば、大怪我は免《まぬか》れないところであった。

惣角はその夜発熱した。

前歯の折れた傷が疼《うず》き、夜も眠れない。翌朝になると顔が脹《は》れあがり、眼もふさがる始末であった。

道場にいても稽古ができないので、草鞋銭をもらい、市中の木賃宿に引きあげた。

数日のあいだは、食物も喉《のど》を通らず、ひたすら寝るほかはなかった。傷が癒《い》えてくると、彼は宿賃を稼《かせ》ぐために、手裏剣投げの見世物をはじめた。

宿の客が見物して、惣角の妙技におどろき、一文銭を笊《ざる》に入れてくれる。噂《うわさ》がひろまって、町の者も見にくる。

やがて弟子入りを希望する若者がふえてきて、十人ほどになった。惣角は彼らの月謝で宿賃を払うめどがついた。

彼は宿の前庭に柱を立て、弟子を集めて稽古をつけてやる。その様子を近所の連中をはじめ、宿屋の主人、女中までが見物にくる。

惣角は得意になって投げかたの講釈をおこなう。

「敵との間合いによって、剣先を指先にむけて持ち、投げつける直打《ちょくだ》、剣を半回転させる回し打ちを使い分けるのだ。剣は中指の腹にそえ、人差し指と薬指で上下から押さえる。さらに親指で横から押さえ、すべりだすように剣をふり出すのだ。放すときの呼吸を弦《つる》ばなれといい、このときに押さえをきかさねば、剣がまっすぐに飛ばぬ。手だまりは重みをはかる握り鳥、すりぬけて飛ぶ心地こそすれ、と道歌《どうか》にあるとおりだ」

惣角はいいつつ、手裏剣を投げてみせる。

弟子たちは柱の巻藁《まきわら》にまっすぐ突き刺さった手裏剣を見て、嘆声をあげる。

惣角は得意になって二本めを投げ、おなじ位置に命中させた。見物人が手を打ちほめそやすなかに、気になる笑い声が聞こえた。

「誰だ、いま笑ったのは」

惣角は辺りを見まわす。

庭の隅《すみ》に、手押し車に乗った男がいた。惣角は歩み寄る。年頃《としごろ》は惣角と似かよっているが、左の手足が不自由の様子である。

「お前はいま笑ったな。なぜ笑ったのだ。俺の手裏剣投げを嘲弄《ちょうろう》しおったな」

男は裕福らしく、絹袷《きぬあわせ》を着ていた。

彼は平然という。

「先の尖《とが》ったものが刺さるのは、当たりまえたい」

惣角は男を睨《にら》みつける。

「なんだと、もう一度いってみろ。手足が不自由だといっても、ただではすまさぬぞ。さような広言をいたすからには、貴様は先の尖らぬものを投げ、的に刺せるのか」

男はうなずいた。

「そのとおりじゃ」

「ならば投げてみよ」

男は惣角にうながされ、笑いつつ懐《ふところ》から巾着《きんちゃく》を取り出す。

彼は右手を巾着へ入れ、一厘《りん》銭をつまみ出した。

「ほう、それを投げるのか」

「そうたい」

惣角が見守るうち、男は右手の人差し指と中指に一厘銭をはさみ、二間半（四・五メートル）ほど離れた板の的《まと》にむけ、車に坐ったままで投げた。

惣角は思わず息を呑《の》む。

銭が板に半ば以上も突き刺さったのである。

「どうじゃい、刺さったろうが」

男は笑いつつ、二枚めを投げる。

風を切るするどい音がして、一厘銭は的の中央に命中する。こんどは七、八分までが深く的に埋まった。

惣角は眼をみはった。これは神技《しんぎ》というほかはないと、彼は内心驚愕《きょうがく》する。男は三枚めの銭を投げた。

投げ銭は縦に飛ばず、的に平たく当たったが、地に落ちない。銭形の凹《へこ》みができてはまりこんだのである。

　これはとても敵わないと、惣角はおそれいった。

「さわってみんしゃい。お前さんに抜けるかね」

　男にいわれ、惣角は的に命中した一厘銭を抜こうとしたが、動きもしない。銭形にはまりこんだものも、指で撫《な》でてみると、ほじくりだすには錐《きり》でも持ってこなければ、どうにもならないほど、深く埋まっている。

「これはだめだ。手ではとても抜けない」

　惣角が首をふると、男は手押し車を自分で動かし、的に近寄って三枚の銭を苦もなく抜いた。

「もう一度やって見せるたい」

　男は抜いてきた銭を、何度でも投げ、自由自在に的に突き刺した。

「俺《おれ》にもやらせてくれ」

　惣角がいうと、男は笑いながら巾着を差し出す。

　巾着は重く、なかには一厘銭、文銭《もんせん》などがたくさん入っていた。惣角は一枚をつまみ出し、気合いをこめて投げてみた。

　だが、銭ははねかえった。

「そんな投げかたではいけん。もっと腕を伸ばすのじゃ」

いわれるとおりに幾度も試みたが、銭は八方へはねかえる。

(これはとても駄目《だめ》だ。しかし、このような体の不自由な男にできることが、俺にできぬわけはない。よし、いまに見ろ)

惣角は必死に投げたが、的に食い入る銭は一枚もなかった。

精根尽き果てた惣角は、男を誘った。

「俺は会津を出立《しゅったつ》してのち、ほうぼうを武者修行に歩いたが、お前さんのような手裏剣の技を遣う人には、会ったことがない。どうか俺を弟子にしてくれ」

男は笑いつつかぶりをふる。

「俺がような体の者が、弟子をとれるわけはなかたい。ばってん、教えてあげてんよか」

惣角はよろこんだ。

投げ銭の術を会得《えとく》すれば、武芸者としてあらたな眼をひらくことになる。

「どうだ、このような安旅籠《やすはたご》だから何のもてなしもできないが、お前さんにご馳《ち》走《そう》をしたい。いっしょに酒を呑もうではないか」

男はすなおに惣角に従った。

座敷にむかい合うと、惣角は盃《さかずき》に酒を注《つ》ごうとした。男は盃を置き、徳利《とっくり》を手にした。

「俺は徳利のままで呑むのが、好きじゃ」

彼は惣角が見守るうち、息もつかず五合徳利を呑み干してしまった。

「なんと酒がつよいのじゃな。もっと呑め」

「いや、結構たい。これでよか」

男はそのあと、どれほどすすめても酒を呑まず、膳《ぜん》の肴《さかな》にも手をつけない。

「貴公、投げ銭はいかなる師匠について習うたのだ」

惣角が聞くと、

「師匠はおらんたい」

男は涼しい顔つきで笑うのみであった。

「しかし、あれほどの技は、しかるべき師匠につかねば、覚えられまいが」

「いや、自然に覚えたばい」

「自然にのう、さようなことができるかのう」

惣角が考えこむと、男は立ちあがる。

「酒をよばれて悪いのじゃが、俺はこれからちと用があるので、ご免こうむりますたい」

「なに、いまきたばかりではないか。お前さん、投げ銭の技は、もう教えてはくれぬのか」

男は愛想《あいそ》よく答えた。

「そんなことはなか。明日からはこの宿まで、教えにきてあげまっしょ」


男は約束を守り、翌日から惣角に投げ銭を教えにきた。惣角は夜も眠らず、必死になって稽古をする。

男は投げようをさまざま指南するが、惣角の投げる銭は飛び散るばかりで、的板には痕跡《こんせき》すらも残らなかった。

三日めに宿へきた男に、惣角は聞いた。

「投げ銭が的に当たるようになるのは、稽古をはじめて、どれほど経《た》ってからのことなのかね」

男はいう。

「俺は村では一番の金持ちの家に生まれたが、生まれつき左の手足が動かなんだ。それで、八歳ぐらいの時分から、銭を膝《ひざ》もとへ山と積んで、柱に投げる遊びをはじめた。手元に銭が無《の》うなったら、柱の下まで這《ほ》うていき、かき集めて戻ってくる。朝から晩まで毎日稽古して、三年めの時分から、ちと刺さるようになったのじゃ。いまは投げ銭をはじめて、十年は経っとるばい」

惣角は男の述懐を聞き、心に迷いを生じた。

投げ銭の稽古にのみ十年を費やせば、ほかの武芸はすべて捨てねばならない。そのようなことはできない。とすれば、投げ銭の技は思い切らねばしかたがないだろうと、彼は考える。

男は夕刻まで旅籠にとどまり、惣角に投げ銭の指導をしてくれたが、翌日からあらわれなくなった。

惣角は男がまた訪ねてきてくれるかと、宿にとどまっていたが、いつまで経っても姿を見せない。

惣角は投げ銭の技を見た翌日から、手裏剣術を弟子たちに教える気がしなくなった。

(俺はあの男には敵《かな》いっこない。手裏剣術はもうやめだ)

彼は剣術の修行に戻ろうと旅立つことにしたが、あの男にいま一度会いたいと、心残りであった。

男の在所である村は、熊本の郊外にあった。旅籠の主人に道筋を聞き、惣角は会いに出向いた。

だが、村には男の家はなかった。

村人たちに尋ねても、首を傾《かし》げるばかりである。

「そんな手押し車に乗っておるような男が村におれば、誰《だれ》でも知っちょりますばい。それに、家に銭を積みあげられるような金持ちも、この村にはおりまっせんばい」

惣角はあきらめきれず、付近の村々を探し歩いたが、どこにもそのような男は住んでいないということであった。

疲れ果てて旅籠に帰り、その旨《むね》を主人に告げると、おどろくばかりであった。

「あんな投げ銭の名人が、在方《ざいかた》におりゃ、近所じゃ知らぬ者はおりまっせん。ふしぎなことのあるもんじゃ」

宿の下男女中たちも、男の神技を眼《ま》の辺りにしているので、しきりにふしぎがった。

そのうち一人がいいだした。

「いま思い出したが、あの男の背中にゃ後光がさしておったげな」

後光を見たという者は、三人もいた。

惣角は的の板に残った投げ銭の痕《あと》をあらためて見た。

「たしかにお前どものいうとおり、あの男は神仏の化身《けしん》であったのかもしれぬ。これだけ深く痕の残るほど突き刺さった銭を、指先でつまみ出すのは、人間にできることではない」

宿の主人がいった。

「あの男は、一文銭を山積みにして稽古したというちょったが、社寺であれば、賽銭《さいせん》に不自由はせんたい。ありゃ、やっぱり神仏の化身じゃ」

日向《ひゅうが》の鵜戸明神《うどみょうじん》は、猿《さる》や山伏に化身してあらわれ、心がけの悪い者、慢心した者を懲《こ》らしめることがあると惣角は聞かされ、心に思い当たる。

(俺はいままで、わが技にうぬぼれ、慢心して、ばかげたことばかりしてきた。真槍三本を相手にして、いらぬ怪我《けが》をしたのもそのひとつだ。拙《つた》ない技を無上のものと思いこみ、傍若無人にふるまってきた俺を、神が懲らしめにこられたのに違いない)

彼は身の引きしまる思いであった。

神との出会い

明治十年（一八七七）十月末、惣角は熊本を出立して、延岡《のべおか》にむかった。彼は阿蘇《あそ》の南麓《なんろく》から高千穂《たかちほ》に出て、五ヶ瀬川《ごかせがわ》沿いに日向灘《ひゅうがなだ》のほうへ下っていく。延岡からは海沿いの街道を南へむかい、日向鵜戸神宮《うどじんぐう》へ参籠《さんろう》するつもりである。惣角は、鵜戸へいけば神仏に会えるかもしれないと、希望に胸を高鳴らせていた。

熊本で投げ銭の技を見せてくれた男は、神の化身《けしん》にちがいないという思いが、日が経つにつれ惣角の身内にゆるぎない確信となってきていた。

惣角の生家は、会津御池田の御伊勢の宮である。往古《おうこ》、坂上田村麻呂が伊勢神宮より分霊した神社の神宮の家柄《いえがら》であるため、宗教の知識はあった。

旧幕時代は神仏習合の思想がもっぱらなされていた。天照大神《あまてらすおおみかみ》と大日如来《だいにちにょらい》は本来同体で、すなわち太陽であるとの信仰が、民間に根づいており、惣角も幼時からそのような宗教談を祖父、父から教えられ成長した。

惣角は内心に神仏を求めていたが、現実には眼《め》にしたことがない。彼は各地を巡遊するあいだに、山中の道場で修験者《しゅげんじゃ》が寄り集《つど》い、修法《しゅほう》している場に行き合わせることが、幾度もあった。

惣角は修験者に会うたびに質問した。

「神仏の加護や罰《ばち》というものが、ほんとうにあるのか」

修験者たちは惣角を嘲笑《ちょうしょう》した。

「神仏あればこそ、人の世の栄枯盛衰があるのではないか。お前は世間の因縁因果《いんねんいんが》というものが分からぬのか」

惣角は彼らと口論するうちにいきりたって、修験者を罵《ののし》る。

「世に神仏があるのなら、この眼に見せてみよ。この手で触れさせてみよ」

修験者たちは猛《たけ》りたっていい返す。

「神仏は己れの心眼で拝むものじゃ。現《うつつ》に御身《おんみ》に触れられるわけもなかろうが」

惣角は大喝《だいかつ》する。

「お前たちは眼に見えぬ神仏を餌《えさ》に、善男善女から金品を捲《ま》きあげるのを、生計《たつき》としておる。いかさまな世渡りをしておるのだ。そうでなければ、この場に神仏をあらわせるはずではないか」

修験者たちは憤怒《ふんぬ》し、いっせいに金剛杖《こんごうづえ》を振りかざし、惣角に打ちかかってくる。

身軽な惣角は相手の杖を奪い取り、渡り合った。幼時から父惣吉に杖術《じょうじゅつ》を仕込まれている惣角に、修験者たちは敵うはずもなかった。

「貴様、修験者をこのような目に遭わせてみろ。かならず神仏の罰が当たるぞ」

惣角は嘲笑《あざわら》った。

「俺は一度、神仏の罰に当たってみたいものだ。死ぬことなどおそろしくない。これを見よ」

いいつつ、山伏たちの道場へ土足で入りこみ、祭壇を金剛杖で打ちこわした。

彼は善人をたぶらかす山伏を憎んだが、いつかは神仏に会えるかもしれないという願望を捨ててはいなかった。

惣角は秋陽《あきび》にかがやく藍碧《らんぺき》の日向灘を眺《なが》めつつ旅の泊まりを重ね、鵜戸神宮に達し、そのまま神前に参籠する。

日中は拝殿に結跏趺坐《けっかふざ》して、ひたすら神仏を念じた。

「私の高慢を懲《こ》らしめるため、熊本の宿に現《げん》じ給《たも》うたのであれば、なにとぞいま一度この眼に拝ませてくださりませ」

彼は疲労すれば、その場に寝る。

乾飯《ほしいい》、そば粉を水で溶いて飢えをしのぎ、神域の池で水垢離《みずごり》をとる。

参籠《さんろう》して七日めの明けがたであった。

惣角が拝殿に坐ったまま居睡《いねむ》りをしていると、後ろから誰かが声をかけた。

「おい小僧、起きろ」

惣角が驚いてふりかえると、白髪を肩に垂らした修験者が立っている。

兜巾《ときん》、斑蓋《はんかい》、鈴掛《すずかけ》、結袈裟《ゆいげさ》をつけ、笈《おい》を背にし、錫杖《しゃくじょう》を持った旅支度をしている。

「小僧、お前はここで何をしておるのじゃ」

問われて、惣角は答える。

「神さまにご対面しとうて、待っているのっしゃ」

修験者は惣角を見すえ、ひとりごとのようにいう。

「うむ、嘘《うそ》を申しておるわけではないのじゃな。なぜ神に会いたいか、訳《わけ》を申せ」

惣角は老いた修験者の横柄《おうへい》な口ぶりが、なぜか気に障《さわ》らない。

「私は熊本で、投げ銭の名人に会い、その男がどうにも鵜戸神宮の化身に思えてならぬゆえ、ここまでたどりつき、参籠しているのでございますっちゃ」

惣角は熊本での一部始終を告げた。

修験者は黙って耳を傾《かた》むけていたが、やがて惣角を誘《いざな》った。

「小僧、お前に見せてやりたいことがある。儂《わし》についてこい」

惣角はすなおに修験者に従い、明けそめた神域を出た。

なぜか修験者の言葉に逆らう気がせず、惣角はいわれるがままに裏山の険阻《けんそ》な坂道を登っていった。

裏山は吾平山《あひらさん》といい、頂上には神武天皇の御父君ウガヤフキアエズノ尊《ミコト》の陵墓がある。

修験者は日向灘にむかう高峰へ、惣角を連れていった。

「ここは速日峯《はやひのみね》というところじゃ」

修験者は惣角に教え、断崖《だんがい》の際《きわ》まで出た。

崖《がけ》にむかい聳《そび》えたつ巨岩の下に、白衣の修験者が五人並んで坐っており、東の空にむかい一心に真言呪文《しんごんじゅもん》を唱えていた。

老修験者は彼らを率いる大先達《だいせんだつ》らしく、五人のまえに結跏趺坐すると、数珠《じゅず》を押しもみ、真言を唱えはじめた。

惣角も六人の後ろに坐り、黙って空を見ていた。陽が昇ると、山上は秋とも思えない暑気が立ちこめる。

雲の片影《へんえい》もない晴天で、はるかな空の高みには鳶《とび》が啼《な》き交わしているのみであった。暑気はしだいにつよまり、焼けつくようであるが、修験者たちは微動もせず真言を誦《ず》している。

惣角は額から汗をしたたらせ、坐っているうち、老修験者がただものではないという気がしてきた。

（こやつは、狐狸妖怪《こりようかい》かもしれぬ。もしそうなら、人をあざむくものを捨てておけぬ）

惣角は思い立つなり、六人を打ちすえ、山から追い落としてやろうと、膝《ひざ》をあげかけた。

そのとき、老修験者がふりかえり、惣角に射るような視線をむけた。

「小僧、あわてるでないぞ。いまこの場へ雲を呼んでやるほどにな」

彼はひときわ高く声をはりあげ、朗々と真言を唱える。

惣角は晴れ渡った空を見あげた。どこにも雲はあらわれない。

（こやつめ、いいかげんなことを吐《ぬ》かしおって。ひとをたばかるなら、許さぬぞ）

惣角は眼下に眼を転じ、息を呑んだ。麓《ふもと》から黒雲が湧《わ》きあがってくる。信じられない思いで見つめるうち、雲は吾平山の頂上まで昇ってきて、周囲は薄暗く夜のようにかげってしまった。

惣角は全身に鳥肌《とりはだ》をたてた。

（こんなことがあるはずもない。俺は狐《きつね》に化かされているにちがいない。しっかりしろ）

彼は眼をこすり、頬《ほお》をつねり、手足をつねってみる。夢のなかのことでもなさそうだと、動転するうち、黒雲はどこかへ消え去ってしまった。

ふたたび晴れ渡った空に烈日《れつじつ》が照りわたり、暑気が戻った。

（爺《じじ》いの修験者は、ほんとうに法力《ほうりき》で雲を呼んだのか。そのようなことがあるのか）

惣角は気力も挫《くじ》け、茫然《ぼうぜん》と坐っていた。

およそ一時間ほどのあいだ、修験者たちは真言を唱えつづけていた。惣角は冷汗をしたたらせ、眼ばかりみひらき身じろぎもしない。

（あの爺いは雲を呼んでみせた。あんなことができるのは神だ。あれこそ鵜戸明

「夢ではない、まことじゃ」

惣角は老修験者のまえにひれ伏し、聞いた。

「あなたさまは、どなたでございますか。まことのご身分をお明かしくださりませ」

老修験者は厳然と答えた。

「われこそは、鵜戸権現《ごんげん》なり」

権現とは、神仏が人の姿をかりて、現世にあらわれることをいう。

惣角は、老修験者の言葉を信じた。ふだんの惣角であれば、

「まことの神仏ならば、わが鉄扇を受けよ」

と打ちこむところであったが、彼は現前した奇跡に、胆《きも》を奪われていた。

惣角はその日から半月のあいだ、吾平山上で老修験者について、修行をした。

夜は大樹の下に夜露を避けて寝る。朝は陽の昇らない昧爽《まいそう》に起き出た。

老修験者は朝になると、竹と桐《きり》の木をこすり合わせ、火を起こし、鍛冶屋炭《かじやずみ》に移す。米は麻の袋に入れ、谷水で洗ったあと地中に埋め、そのうえで焚火《たきび》をする。

火を消したあと地面を掘り起こせば、地中の米は蒸《む》されてやわらかい飯になっている。

修験者たちは朝、昼、晩に時間をきめ、読経《どきょう》、祈禱《きとう》し、瞑想《めいそう》にふける。惣角は彼らのひとりの速歩のさまを見て、驚愕せざるをえなかった。なみの人間が疾走するほどの速さで、彼らは一日に五、六十里（二〇〇〜二四〇キロ）もいくという。

老修験者は惣角に教えた。

「まず無心になることじゃ。そのうえで、神を信じよ。己れが神の分霊《わけみたま》であることを信じよ。心底に一点の疑念もなく信ずることができたとき、わが身に神のお力が宿るのじゃ」

惣角は無心になるために、ひたすら瞑想にふけった。

吾平山にきて半月ほど経《た》った朝、惣角が眼ざめると、周囲には誰《だれ》もいなくなっていた。老修験者と五人の弟子の姿は、どこにも見えない。

惣角ははね起き、辺りを探したが、修験者たちは荷物もすべて持ち去り、あとには何の痕跡《こんせき》も残してはいなかった。

武芸者の惣角は眼ざとい。どれだけ熟睡していても、わずかな物音、人の動く気配で起きる。だが、ともに寝ていた六人が立ち去るのに気づかなかった。

「しまった、ひとり置き去りにされるとは不覚の至りだ。もし修験者たちに悪意があれば、殺されていたところだ。しかし、いかにもふしぎだ。この半月の経験は、すべて夢幻ではなかったのか」

惣角は袴《はかま》をまくりあげ、わが右股《みぎもも》に残る短刀の傷痕《きずあと》を、声もなく眺めるのみであった。

惣角は吾平山を下り、鵜戸神宮の社務所に立ち寄る。神職たちに半月の体験を話すと、信じられないと疑惑の眼で見られた。

「御一新のまえには、吾平山に修験者がきたのを見かけたこともあったが、排仏《はいぶつ》棄釈《きしゃく》がおこなわれたのちは、絶えて姿を見たことはない。あなたの見たのは幽霊ではなかったのか」

惣角は、わが体験に半信半疑であった。

狐狸《こり》にたぶらかされていたといわれれば、そうかもしれない。しかし、老修験者が黒雲を呼び雹を降らせた事実は、心にふかく残っていた。

(俺《おれ》はいままで信仰心に欠けていた。ただ勝負に勝とうと思うのみで、わが身を鍛錬修行したが、神通力には遠く及ばない。このの ちは武芸鍛練とともに、心法《しんぽう》の修行もせねばならぬ)

惣角は、人力の及ばない世界をかいま見て、大きな衝撃を受けた。

惣角は明治十一年（一八七八）三月には、鹿児島にいた。宮崎県から大隅《おおすみ》半島に入り、武者修行を重ねていたのである。

鹿児島県は尚武《しょうぶ》の気風がさかんである。剣術の流派も示現《じげん》流、薬丸《やくまる》自顕流《じげんりゅう》、タイ捨《しゃ》流などのほかに、実戦本位の古流が数多くある。

いずれも力に任せた太刀《たち》打《う》ちであったが、榊原鍵吉の地獄道場で鍛え抜いた惣角は、怯《ひる》まなかった。

鹿児島に二月末頃到着すると、焼け跡となった市中には天然痘《てんねんとう》が流行していた。町なかでは疱瘡《ほうそう》踊りが、さかんにおこなわれていた。

天然痘がはやりはじめると、良家の主婦、娘が集まり、三味線太鼓をはやしたてながら踊りまわるのである。

派手な模様の衣裳《いしょう》に角帯、白足袋のいでたちで、島田髷《しまだまげ》、首に花染めのそろばん手拭《てぬぐ》いを巻き、「ああ軽いとな」と高唱しつつ踊っていく。

惣角はいかに体を鍛えていても、天然痘には勝てまいと、さっそく汽船で長崎へ去ることとした。

彼は鹿児島県はながく武者修行をするところではないと、考えていた。試合をして勝てば、はなはだしく憎悪《ぞうお》される。地元の男たちはおそろしく意地がつよい。大隅《おおすみ》半島を遊歴しているとき、惣角は血みどろの果たしあいを幾度か見た。いずれも些細《ささい》な原因によって、意地の張りあいから起こった事件であった。

宮崎から大隅地方では、他流試合を重ねたが、とりわけ師事すべき剣客もいないので、惣角は落胆していた。

薩摩隼人《さつまはやと》は実戦につよいが、剣技は荒削りで、道場での試合に見るべきものはなかった。

惣角は沖縄へ渡り、南蛮殺倒流空手《からて》の道場を訪ねたかったが、西南の役ののち、沖縄通いの船舶がほとんど長崎神戸方面へふりむけられ、船便を待つのに時日がかかると聞き、あきらめた。

彼は長崎通いの汽船を待つあいだ、市中を見物して歩いた。薩軍が最後の拠点とした城山には、香華《こうげ》が絶えず、いたるところに「弔諸士壮胆」の紙旗がひるがえっている。

薩軍陣営跡、私学校を見物して帰った日暮れどき、惣角は帳場で所在なげにしていた旅籠《はたご》の亭主と、雑談を交わした。

「旦那《だんな》さあは、鹿児島から長崎へお帰んなさいもすか。剣術試合はおやりなさらんとですか」

「うむ、この地の人たちは意地がつよいゆえ、どうも試合をやりにくい。成り行きでは真剣勝負を申しこまれかねないからな」

「そじごあんそ。鹿児島の士族がたを怒らせては、手に負え申さん。うちの裏手に、琉球拳《りゅうきゅうけん》の先生がござっておい申すが、剣術はなさいませぬので、旦那さあのお相手はでき申さん」

「ほう、琉球拳とな。どのような拳法か、見てみたいものだ」

「旦那さあがお望みなら、ご案内しもんど」

惣角は琉球拳と聞いて、心を動かされた。

さっそく宿の主人にともなわれ、裏通りをしばらく歩き、あばら家のまえに足をとめる。

「拳法の道場はどこにあるのだ」

「ここでごあんそ」

いわれてみると、眼《め》のまえに崩れかかった漁師小屋のような建物があった。

惣角は驚いた。体当たりをしただけで崩れ落ちそうな道場で、稽古《けいこ》ができるはずもない。

「ご免、お頼み申す」

声をかけるが、しばらく家内は静まりかえったままであった。

「どなたか、おられませぬか」

重ねて聞くと、暗い家中に人の動く気配がして、小柄《こがら》な老人が出てきた。

汚れた野良着のようなものを着ていると見えたが、眼をこらすと刺子《さしこ》の稽古着であった。

「俺《おい》が主人の田村《たむら》じゃが、お前《は》ん、何用じゃ」

背丈は五尺（一五一センチ）ほどで、痩《や》せている。

外見は惣角とほとんど変わりはなかった。

「あなたが琉球拳の先生ですか」

「そうじゃっど」

「ご流儀は何といわれますか」

田村という老人は、むぞうさに答えた。

「南蛮殺倒流じゃ」

惣角は驚いた。

「あなたが殺倒流のお家元ですか」

田村はかぶりをふった。

「いや、家元はほかにおっど。俺はちがう」

惣角は辞を低くして頼んだ。

「私はかねてより、南蛮殺倒流の手のうちを見てみたいと、思っておりました。どうか、先生のご実技をご披露ください」

田村はうなずいた。

「見せぬこたなか。一円出しんしゃい」

一円は大金であったが、やむをえない。鹿児島では米一升五銭であった。こんな吹けば飛ぶような老人に一円も渡し、何の芸も見せてもらえないのではないかと、危惧《きぐ》が胸中にゆらめいたが、惣角は思いきって一円銀貨を取り出し、田村に渡した。

「よか、ならば見せっちくる」

田村ははだしで家の土間に下りた。

土間は広い。幅二間（三・六メートル）、長さ五間（九メートル）ほどである。

ここが道場《は》だと、惣角は気づいた。

「お前ん、剣術遣いか」

「そうです」

「何流じゃ」

「小野派一刀流、直心影流を遣いますっちゃ」

「よか、そんなら木刀でん、竹刀《しない》でん、よか物ば持って掛かってきやんせ」

惣角は三尺八寸（一一五センチ）の使い馴《な》れた竹刀を取り出した。三年竹を枯らして油を充分に塗りこめ、芯《しん》に銅線を仕込んだ竹刀は、全力で打てば頭蓋《ずがい》を打ち割ることもできる。

「先生は面をお付けになりませんか」

田村はうなずく。

「俺は何もいらん。どこからでん、打っちきやんせ」

「ではご免」

惣角は竹刀を下段青眼に構えた。

彼の打ちこみは、眼にもとまらない早技である。田村の身ごなしがいかに早くても、竹刀の打撃を防げるはずはないと、内心嘲《あざけ》った。

「田村先生、加減をせず打てばようございますか」

「そうじゃ、思うままに打て」

田村は足をわずかに踏みひらき、まっすぐ立っている。

惣角は、田村を打ちすえるつもりになった。

旅籠の主人は、驚いたように二人を見守っている。こうなれば、腕の一本ぐらいは打ち折ってやろうと、惣角は田村を見て、はっとした。

田村の全身に隙《すき》がない。飛びかかってくるまえの猫《ねこ》のように、動きを秘めた身構えであった。

惣角は闘志を誘われた。

「えいっ」

田村の右肩へ打ちこんでいくと、竹刀は空《くう》を切って、惣角の体は宙に浮いた。土間に投げ飛ばされ、鼻柱を打った惣角がはね起きる。

塩からい鼻血があふれてくるのを懐紙で押さえ、彼は叫んだ。

「もう一本」

「うむ」

田村は立ちはだかっている。

惣角はこんどは得意の突きから面の攻めに出た。迅雷《じんらい》のような剣尖《けんせん》が田村の喉《のど》を突き抜こうと襲ったが、田村はまえにいなかった。

しまったと思ったとき、惣角の体はふたたび土間に泳いでいた。

幾度立ち合っても惣角は痩せた老人に、打ちこめなかった。

「恐れ入りました」

惣角は敗退した。

「まあ待て、お前《は》ん、こいを潰《つぶ》してみんか」

田村は径三寸（九センチ）ほどもある青竹を取り出してきた。

惣角は握りしめてみたが、潰すどころではない。

「俺はやっど」

田村はいうなり、豆腐を握るように竹を手のうちで潰してしまった。

惣角は武芸の底知れないひろがりを、覚《さと》らされた。彼は大東流合気柔術の修行を嫌《きら》い、保科近悳のもとを去ったのであったが、武芸は白刃《はくじん》をふるっての剣術ばかりが大事ではない。素手の体術をも学ばねば、百戦不敗の境地には達することはできないのである。

（いったんは会津へ帰ろう。そのうえで、俺は進むべき道を探るのだ）

鹿児島の緋寒桜《ひかんざくら》が紅のはなびらをつける三月なかば、惣角は長崎いきの汽船に乗った。彼が最初の武者修行で得た収穫は、おおきかった。

大難

会津盆地を見おろす山肌《やまはだ》に、つつじが薄紅のいろどりを添え、郭公《かっこう》の啼《な》き声ものどかな明治十一年（一八七八）五月上旬、惣角は仙台への武者修行の旅に出た。

仙台は東北六県随一の都市である。大藩の城下町であったので、武道家がいまも多く、剣術、柔術の道場をひらいている。

惣角はいったん会津若松御池田の自宅に帰ったが、しばらく日を過ごすうちに退屈して、東北遊歴を思い立ったのである。

惣角はまず仙台へ出て、盛岡、青森と北上し、北海道へ渡るつもりであった。各地を巡遊すれば、未知の武芸者と会い、その手練を学ぶ機会にめぐまれる。

会津若松から猪苗代湖《いなわしろこ》の北岸をたどり、熱海《あたみ》温泉に足をとめる。

「番頭、今夜泊まりたいのだが、泊まり賃はいくらだね」

番頭は、白鞘《しらさや》の大刀に防具袋の紐《ひも》を引っかけ、肩に担《かつ》いだ、黒紋付羽織袴《はかま》、高《たか》下駄《げた》の惣角のいでたちを見て、薄笑いをする。

「泊まり賃といっても、ピンからキリまであるではあ、ひとくちにはいわれねえす」

「キリだよ、キリでいい」

番頭は惣角のわるびれない口調に笑いだし、座敷へ案内する。

布団《ふとん》部屋というほどではなく、眺《なが》めのいい二階の八畳で、置き炬燵《ごたつ》があった。

「山家《やまが》だから、夜は冷えっから、炬燵さ入ってけらっしゃい」

愛想《あいそ》のいい女中が運んできた夕食の膳《ぜん》も、山菜、川魚の料理がにぎやかに並んでいて、待遇はわるくない。

「お客さん、どちらへいきなさるだ」

女中が給仕をしつつ聞く。

「仙台だよ」

「あら、仙台へなにしにいくんだべ」

「剣術の武者修行さしにいぐだ」

「まあ、そったらば二本松から福島へいくだべ。いま二本松の近在は、新道の工事をしてっから、大勢ならず者が集まって、わるさをしているっていうんでねえの」

「ほう、どんなことをやるんだ」

「まんず、追い剝《は》ぎから、女郎《めろ》っ子とっつかめえていたずらしたり、喧嘩《けんか》、博打《ばくち》のあげくに、火付け強盗までやらかすんだから、手がつけられねえべっちゃ」

東北各地は道路の整備が遅れていた。

政府は仙台を軍都とするため、東京から直通の国道開発の工事を急いでいた。

「そうか、そいつはいいことを聞かせてくれたなあ」

「お客さん、新道は通らねえほうがいいっぺ。危ねえところは避けて、回り道していきな」

道路工事の労働者は、地元の農民ではなく、国内を流れ歩いているならず者ばかりであった。元締めはやくざ者で、工事場の縄張《なわば》り争いで、血の雨を降らすのを日常茶飯事としていた。

男たちが衆をたのみ、無法をはたらいても、いためつけられた民衆は、警察に被害を訴えなかった。

警察は人民にとって、やくざよりも畏怖《いふ》すべき存在であった。警察の機嫌《きげん》を損じたなら、どのような難癖をつけられ、監獄へ放《ほう》りこまれるかもしれない。

戊辰《ぼしん》戦争で官軍に蹂躙《じゅうりん》された東北諸県には、政府を敵国のようにおそれる気風が、濃く残っていた。

惣角は湯に入り、はやめに寝た。

彼の鍛練した五体に、精気が充満している。数え年十九歳の惣角は、死をおそれない向こうみずであった。

無頼の輩《やから》が何百人いようとも、天下の往来を避けて通ることはない。二本松への国道を、堂々と通行してやろうと惣角は心をきめていた。

惣角がはじめて人を斬《き》ったのは、明治九年（一八七六）春、榊原鍵吉道場での稽古《けいこ》を終え、会津に帰郷しているあいだのことであった。

当時廃刀令が施行されており、帯刀して外出できないため、剣客は愛刀を仕込み杖《づえ》にして携えていた。

惣角も、虎徹《こてつ》の銘刀を仕込み杖として常に所持している。彼は母方の祖父黒河内伝五郎の養子となっており、縁組の引出物として、虎徹を貰《もら》い受けたのである。

彼は春の一夜、猪苗代某村に所用があって出向いた。帰途は午後七時過ぎになり、鼻先も見分けられない暗黒のなかを、提燈《ちょうちん》も持たず帰ってきた。

惣角が田圃《たんぼ》のなかの土橋を渡ろうとすると、右手の堤から男が二人躍り出て、斬りかかってきた。

人相風体は暗黒のなかで分からないが、白刃《はくじん》が輝くのにおどろいた惣角は、とっさに地に伏せ、虎徹の鞘《さや》を払い、二人の敵の足を左右に薙《な》ぎ払った。

手応《てごた》えがあり、敵は闇中《あんちゅう》に逃げ去ったようである。他人に怨恨《えんこん》を持たれる覚えはないがと、不審に思いつつ、惣角はわが彼方《かなた》の闇《やみ》を斬り払い、敵の不在を確認して位置を変える。

しばらく伏せていたが、何の物音もないため立ちあがると、こんどは左方の堤から二、三人が斬りかかってきた。

惣角はふたたび地に伏せ、敵の足を薙ぎ払う。こんども手応えがあり、敵の姿は消えた。

この様子では、ぐずついていては危険だと立ちあがった惣角に、左右の堤から十四、五人ほどの敵が、刀をふるい斬りかかってきた。

惣角は橋を渡って逃げる。橋の中ほどまできたとき、行《ゆ》く手からも十数人が白刃をふるい、喊声《かんせい》をあげ走ってきた。

このままではさみ打ちを食らうと、惣角は訳《わけ》の分からないまま、橋上から川へ飛びこむ。泳ぎながら橋上を見ると、男たちが剣戟《けんげき》のひびきもすさまじく、大乱闘をはじめていた。

惣角は冷たい水中から這《は》いあがり、衣類に血がついていては面倒と洗い流したのち、川辺の民家を訪ねた。

そこには老夫婦がいて、親切に濡《ぬ》れた衣類を囲炉裏《いろり》で乾かしてくれ、熱い湯を呑《の》ませてくれた。

主人に聞かれ、惣角は腑《ふ》に落ちない出来事を詳しく語ったが、自分が正体不明の敵を斬った事実は伏せておいた。

主人は惣角の話を聞き、うなずいた。

「それだば、地元のやくざ同士の喧嘩だべ。今晩あたり大喧嘩が起こるかもしんねえべと聞いていたが、旦那《だんな》さんはその喧嘩に巻きこまれたのだっちゃ」

納得した惣角は、長居は無用と礼を述べ、生乾きの衣類を身につけ無事に帰宅した。

すくなくとも四、五人の足をしたたかに斬ったはずであるが、虎徹の切れ味はすばらしく、刃こぼれひとつなかった。

その体験が、惣角に自信を植えつけている。いざとなれば、敵を斬るのはさほどの難事ではない。稽古の苦行に比べれば、たやすい技《わざ》であると、彼は思っていた。

翌朝、陽《ひ》の昇るまえに湯宿を立った惣角は、健脚のおもむくまま山道を踏破し、午後はやく二本松を過ぎ、夕刻には松川の手前に達した。

二本松から、半里ほど北上した辺りから、道路拡幅の普請《ふしん》がさかんにおこなわれていた。

村落のはずれには飯場《はんば》が立ちならび、褌《ふんどし》ひとつに向こう鉢巻《はちまき》の男たちが、鶴嘴《つるはし》をふるい、畚《もっこ》で土を運んでいる。

いずれも陽灼《ひや》けた無頼の風体で、刺青《いれずみ》を入れている者も多い。娘が道をいくのを見ると奇声をあげ、卑猥《ひわい》な言葉を聞こえよがしに喚《わめ》きたてる。

防具を担ぎ、高下駄を履いた惣角が通りかかると、わざとスコップで土を足もとに投げつける者がいた。

惣角は相手にならずに通り過ぎた。歩むにつれ、道路のいたるところに男たちが群れ集《つど》い、人数がふえるばかりであった。

「おい兄貴、お前どこへいくのっしゃ」

惣角は小頭《こがしら》らしい一人に声をかけられた。

「仙台だが」

「今夜はどこで泊まるのっしゃー」

「松川だべ」

「それはやめたが、いいべ」

小頭は親切な男のようであった。

「なぜだ」

「この先の峠で道普請している奴《やつ》らは、たちが悪いから、通りがかりの者に難癖つけては身ぐるみ剝ぐから、いくのはやめれ」

惣角は忠告を無視した。

（土工ごときをおそれ、天下の公道を歩むのをはばかれば、武士の名折れだべ）

彼は土埃《つちぼこり》を蹴《け》たてて、歩きつづけた。

道は上り勾配《こうばい》となり、やがて峠にむかう杉並木のあいだに入る。通行人は惣角ただひとりであった。

「あれ見れや、妙な小僧がきたぜ」

「肩に担いでいるのは何だべ。米袋か」

「女郎《めろ》っ子でねえのがつまらねえがな。からかってやっぺ」

道端の飯場で休息をとっている男たちは、大胆であった。

正面から惣角のほうへむかってくる。五、六人連れで、道を避けようとしない。いまにも突き当たりそうになって脇《わき》へ寄り、惣角に肩を打ち当てにくる。

惣角はとっさに足を踏んばる。彼より一尺（三〇センチ）ほども背丈の高い男が、突き当たっておいて反対にはじき飛ばされ、尻《しり》もちをついた。

「何でえ、この野郎」

男たちがつかみかかろうとするのを、惣角は平然と睨《にら》みかえす。

「何だべ、お前たちのほうから当たりにきたのでねえか」

胸を張る惣角に、男たちは気《け》おされた。

山中の道路をただひとり歩き、前後に数百人の男たちがいるというのに、平然としている惣角の気魄《きはく》が、伝わったのである。

惣角はゆるやかな足取りで歩いていく。男たちの群れがいつどこから襲いかかってきても、応じうる体勢をととのえている。

夕陽が左方の林のあいだから射《さ》していた。

（俺《おれ》はここで死ぬかもしれないが、後へは退《ひ》けぬ）

会津人の意地が、惣角の心中で燃えあがった。

政府の手先がおこなう道普請の男たちに脅されては会津武士の名折れだと、惣角は眉《まゆ》をあげる。

峠を越えると道の両側の並木が遠のき、左右がひらけてきた。掘りかえした赤土の地面に飯場が立ちならび、おびただしい男が軒下で丼《どんぶり》を手に、夕食をとっている。

徳利《とっくり》をかたむけ、酒を呑んでいる一群も眼についた。惣角があらわれると、彼らはいっせいに視線を集めた。

「何でえ、あの野郎は」

「兄貴、挨拶《あいさつ》もさせねえで、通すのか」

炊煙のあがっている軒下にあぐらを組んでいる、凶暴な顔つきの男たちが、相撲取りのように巨大な図体《ずうたい》の男をけしかけた。

湯呑みで酒をあおっていた男は立ちあがり、惣角のほうへむかってきた。

惣角は歩みを変えなかった。何事か起こりそうだと感じとるが、胸中に恐怖は湧《わ》かない。

大男は惣角のまえに立ちふさがった。

「おい小僧、手前は誰《だれ》の許しがあって、この道を通っているのっしゃ」

惣角は相手の眼を見すえる。

「誰かに許しを受けねば歩けねえのかや」

「おう、あたりめえだべ。この辺りの縄張りを取りしきっているのは俺だ。俺に挨拶して通れ」

惣角は自分の倍も体重のありそうな相手に負けない大声で、いいかえした。

「何だえ、この道は国家の道でねえのすか。お前たちゃ、政府に傭《やと》われて働いているのすっぺ。それを縄張りだの何だのと、いったい何事だえ」

大男は言葉に詰まった。

惣角の周囲には、いつのまにか三、四十人の男が人垣《ひとがき》をつくり、取りかこんでいた。

彼らの汗臭い体臭が、息もつまらんばかりににおう。男たちは、惣角の担いでいる袋の中身が何かと、しきりに推量しあっていた。

「あのなかにゃ、金目のものが入っているっちゃ」

「んだなす。あの重みから見て、火鉢のようなもんでねえか」

「火鉢、火鉢が金目かよう」

大男の両眼に、殺気が虹《にじ》を張った。

「小僧、つべこべいうのもこれまでだべ。裸にして放りだしてやらあ」

いうなり彼は木の根のような腕を突き出し、惣角の胸倉をつかんだ。

このままでは投げられると思った惣角は、自然に動いた。

彼は肩に担いでいた仕込み杖で、袈裟《けさ》掛《が》けに一撃を喰わせた。頑丈《がんじょう》な桜の鞘《さや》で、大男を打ちすえるつもりであった。

冷静でいたつもりの惣角も、逆上していた。彼は仕込み杖の先に、防具袋をぶらさげているのを忘れていた。

仕込み杖が動くと同時に、防具袋も惣角の頭上を弧をえがいて前へ飛ぶ。その重みがかかったので、打ちこみにいきおいがつき、鞘がふたつに割れ、虎徹の刀身が大男の右肩から乳下まで六寸（一八センチ）ほどを、深く断ち割った。

血しぶきが噴水のようにあがり、惣角の眼鼻にかかった。大男は悲鳴とともに朽木倒《くちきだお》しに地面に転がった。

思いがけない光景に、男たちは逃げ散った。

「抜いたぞ、抜きやがった」

彼らは飯場へ駆けこみ、鶴嘴、天秤棒《てんびんぼう》、槍鉋《やりがんな》などを手にして、駆け戻ってきた。男たちは血を見て猛《たけ》りたつ、無頼の本性をあらわしていた。惣角は防具袋を拾うまもなく、下駄をぬぎすて、峠をまっしぐらに駆け下りていく。

「逃がすな、そいつは小頭を斬った奴だ」

あとを追う男たちが喚き立てると、飯場から大勢の仲間が飛び出してきて、惣角の行く手を塞《ふさ》いだ。

「この野郎、叩《たた》っ殺せ」

唸《うな》りをあげて鶴嘴を打ちこんでくるひとりに、間合いをひらき空《くう》を切らせた惣角は、右の二の腕に斬りこむ。

獣の吠《ほ》え声のような叫びをあげる男を蹴倒し、惣角は前へ走る。右手から息のとまるほど天秤棒で殴られ、とっさに斬りあげると、棒をつかむ手首を斬られた敵は、泣き喚きつつ、しゃがみこんだ。

(もうこれまでだ。斬って斬りまくってやれ)

覚悟をきめると、惣角は押しあい追いかけてくる敵中に、自分から斬りこんでいった。

日頃《ひごろ》荒稽古で鍛えた鉄のような五体が、めまぐるしく動くと、男たちは木偶《でく》人形のように斬られ、倒れる。

恐怖の叫びをあげ、なだれを打って逃げ去る敵を、惣角は容赦なく斬り倒した。

男たちの怯《ひる》むのを見て峠下へむかおうとすると、逃げていた彼らが追いすがってくるので、惣角はまた斬りこんでいく。

何人斬ったか、惣角は覚えていなかったが、実際には三十数人を殺傷していた。

さすがの虎徹も、しだいに刃こぼれがひどくなってきた。

男たちは、惣角とまともに闘えば斬られると知って、遠巻きにしたまま雨のように石を投げてくる。

惣角は頭と眼《め》をかばい、両腕で覆《おお》うが、後頭部を狙《ねら》い打たれ、血まみれになった。男たちはあらたな攻撃を仕掛けてきた。

空《から》の畚《もっこ》を二人で持って、投げつけてくるのである。空とはいっても、使いふるした畚の編み目には、土砂がぎっしりと詰まっており、重みがあるので当てられれば倒れる。

惣角は刀で打ち払うが、畚の土砂に斬りつけることになるので、刃が飛び、切れなくなり、ついには刀身が曲がった。

「それ、やっつけろ」

男たちは、畚を四方から投げつけておき、天秤棒、鶴嘴で惣角を打ちすえる。

惣角は死にものぐるいの抵抗をするうち、全身に大小の傷を負い、ついに頭を強打され、うつぶせに倒れこんだ。

「よくも大勢を斬りやがったな」

「ぶっ殺せ」

惣角の全身に乱打が加えられる。

動かなくなった惣角を見て、兄哥《あにき》分の男が鶴嘴を手に、前へ出た。

「お前ら、引っこめ。俺がこの野郎にとどめを刺してやっぺ」

彼はてのひらに唾《つば》を吐き、鶴嘴を握りなおすと、惣角のうえにまたがった。

「それよおっ」

力まかせに打ちおろした鶴嘴は、音をたて惣角の肋骨《ろっこつ》を砕き、肺のなかへふかく打ちこまれた。心臓を狙った一撃であったが、狙いはわずかに外れていた。

惣角はそのまま、意識を失った。


惣角は全身がとろけるような、こころよい睡《ねむ》りの底へ落ちこんでいこうとしていた。

なんの苦痛もなく、ひたすら睡りこみたい。

だが、意地わるく彼を睡らせまいと誰かが呼び起こそうとしていた。

「惣角、これ惣角」

声は絶えることなくつづく。

「起きよ、惣角。起きねえすか」

惣角は胸のうちで、「放《ほ》っといてくれ」とつぶやきつつ、熟睡《うまい》のうちにとけこもうとする。

「これ、惣角、惣角、惣角」

耳もとで叫び立てられ、惣角はしだいに覚醒《かくせい》させられた。

(うるせえ、誰だ、俺を起こすのは)

毒づきながら眼をさますと、全身の疼《うず》きがよみがえってきた。

提燈《ちょうちん》の火光が顔のうえにつきつけられ、眩《まぶ》しくてしかたがない。

「惣角、気がついたか」

声に聞き覚えがある。

(叔父さんだべ)

惣角は気づいた。

母方の叔父が福島県庁に勤めている。彼が松川の近所にきていて、騒動を聞きつけ、駆けつけてきたのだろうと惣角は推量しつつ、気がゆるみ、また意識を失った。

惣角は医師の応急手当を受け、福島の病院に運ばれた。治療に当たった医師が、とても助からないといったほどの深手であったが、鍛え抜いた彼の体は頑健で、命の瀬戸際《せとぎわ》をかろうじてもちこたえた。

三カ月ほどの入院ののち、惣角は福島監獄に収監された。売られた喧嘩《けんか》とはいえ、刀をふるって三十数人を斬った罪は重いとされ、虎徹は没収された。

惣角は取り調べを受けるたびに、やむをえず刀をふるった事情を陳述するが、検事は耳を貸さなかった。

「貴様は自分から喧嘩を売り、刃物を持たぬ労働者を斬りすてた。血も涙もない奴《やつ》だ。どうせ死刑になるのだから、わが行動を逐一隠さず申し述べよ」

惣角は赫怒《かくど》した。

「なんと申される。あなたも士族でしょう。名を惜しむ侍なら、土工どもに胸倉をとられ、身ぐるみ剝がされようとしたならば、黙って従いますか。考えてもみなさい。あの連中は、白昼天下の公道で追い剝《は》ぎをやっていたのですぞ」

懸命に抗議するが、検事は認めようとしなかった。

福島県庁の叔父には一部始終を詳しく告げていたので、事の真相をいずれはあきらかにしてくれるだろうと、待ちわびているのに、何の音沙汰《おとさた》もなかった。

（俺は会津の士族だ。政府の奴らは、旧賊軍だからといって、俺の弁明を認めず、死刑にしようと考えているのではないか。それならば、せっかく拾った命をまた捨てねばならぬ。面倒なことになったものだ。いったん死んでいたものを呼び戻されたために、死の苦痛を二度味わうことになった）

惣角は獄窓で無念の歯ぎしりをしつつ、日を送った。

だが、彼の公判はなかなかひらかれなかった。獄舎に初秋の風が肌《はだ》つめたく感じられる頃、彼は突然典獄《てんごく》に呼び出された。

「武田惣角、君は無罪となったよ。君に喧嘩を売った男どもは、あの峠で悪業《あくごう》の限りを尽くしていたことが、あきらかとなったのだ。今日から監獄を出てもよい。だが、虎徹は返さない。なぜならば、たとえ悪者を成敗《せいばい》するにしても、三十数人も斬るとは乱暴にすぎるからだ。以後、つつしみ給《たま》え」

惣角は防具袋を返してもらい、監獄を出た。

門前に、叔父が馬車で迎えにきていた。

「惣角、命をとりとめてよかったな。お前はあのままでは死刑になるところだったが、俺が土工どもの行状を調べあげたので、情状が酌量《しゃくりょう》されたのだ。お前はまったく命冥加《いのちみょうが》な奴だよ」

叔父は笑った。

惣角は叔父の家で、年末まで養生をした。痩せほそっていた体に、しだいに肉がつき、庭に出て竹刀を振っても、めまいがしないまでになった。

「お前はこののちも、武者修行をつづけるつもりか」

叔父に聞かれ、惣角はうなずく。

「ええ、私はほかに取り柄《え》がありません。やるしかねえです」

「それなら、乱暴はやらないでくれ。こんどあのような騒ぎを起こせば、絶対に命はないからな」

叔父に諭《さと》され、惣角は、今後は何事があっても刀を抜かないと誓えと迫られた。

「いくら叔父さんのお言葉でも、そんな約束はできねえっちゃ」

「なぜだ。どうしてできない」

「侍の子が、故《ゆえ》なきはずかしめを受けたときは、相手を成敗しなければならないでしょうが」

「それはそうだ。しかし、喧嘩両成敗は旧幕の昔からの定法《じょうほう》だ。お前が敵を斬れば、自分も切腹しなければならぬ。今後、刀を抜くときは、そのつもりで抜け」

惣角はいわれて言葉に詰まった。

（たしかに叔父貴のいうとおりだ。俺はどうも血の気が多すぎるのかもしれない）

彼は反省する。

人生ではじめての大難を切りぬけた惣角は、叔父が見ても分かるほど、眼つきが変わっていた。

他人を見るとき、どこから襲えばもっとも倒しやすいかと考えている、猛獣の眼差《まなざ》しである。

惣角の身内には生身の人間と乱闘し、三十数人を斬った経験が、重く沈んでいた。

彼は、事件のあと、友人たちに会うともろ肌ぬぎになり、背中の傷痕《きずあと》を見せた。

「これを見ろ、俺はいったんは三途《さんず》の川までいってきたんだ。この傷が心臓を外れたから生き返ったがな。こんどはめったに死なぬぞ」

彼は胸を張り、大笑した。

神性

福島県下での、労働者数百人を相手の乱闘事件のあと、約二十年間を、惣角は武者修行の旅にすごした。

彼は決してひとところにはとどまらず、漂泊の日を重ねるのみであった。明治十一年から三十年にかけて、彼は北海道、千島からハワイに至るまで、武芸行脚《あんぎゃ》をつづけた。

当時の武者修行は、命懸《いのちが》けでなければできるものではなく、惣角はしばしば生命の危険に脅《おびや》かされつつ、不退転の気概で生き抜いてきたのである。

惣角は八十四歳で寿終《じゅしゅう》するが、最晩年の頃でも懐《ふところ》に匕首《あいくち》を隠し持っていたという。それも鞘《さや》に納めておらず、抜き身を手拭《てぬぐ》いで包み、切先のみ二寸（六センチ）ほどあらわしていた。

網走《あばしり》市在住の惣角の三男時宗《ときむね》氏は、父君の懐中していた匕首についての回顧をつぎのように語られている。

「夏の暑い日で、父は座敷でうつ伏せになってうたた寝をしておりました。当時は大分老耄《ろうもう》していましたから、眠っているのと息をしているのだろうかと、不安になりました。それで、背中に手をかけ揺り起こそうとすると、眼ざめた父は反射的に身をひねり、匕首で私の腕を突きました。起こしにきたのが私と気づかないうちに、手が出てしまったのですね。武芸者としてのながいあいだの習性が、とっさに動作となって出たのですよ」

惣角がいかに数多い危難を凌《しの》いで生きてきたかが、納得できる挿話《そうわ》である。惣角が武者修行にすごした明治前期にくらべると、はるかに文化がすすみ、社会も平穏になっていた昭和十年（一九三五）前後でさえ、武道家のあいだでは流血のいさかいがめずらしくなかった。

昭和八年から十年までの二年余のあいだ、惣角の門人植芝盛平《うえしばもりへい》が大阪朝日新聞社で、高弟湯川《ゆかわ》某、富木謙治《とみきけんじ》らを伴い、大日本旭《あさひ》流と称する合気術を社員に教授していた（植芝氏は、その頃まだ合気道という流儀名を唱えてはいなかった）。

当時、朝日新聞社は右翼暴力団の襲撃を再三受けていた。輪転機に砂を撒《ま》かれ、会計課長、社員が日本刀で斬られる事件も起こる緊迫した情勢のもと、社内では柔剣道の練達者を集め、防護団を結成し、武道の修行にはげんでいたのである。

社員の鍛練には盛平を代行して湯川が当たっていたが、一日、武徳殿において警察官に合気技を教授しているとき、「四方技《しほうわざ》」という高度な技をかけそこない、柔道五段の相手に抱きあげられ、柱に叩きつけられるという不面目《ふめんぼく》な事件が起きた。

その後湯川は、大阪の繁華街で酩酊《めいてい》して陸軍下士官と喧嘩し、短剣で刺殺された。

武技に熟達していない武道家は、いつ生命の危険にさらされるか分からない、荒《すさ》んだ気風の時代であったわけである。

惣角は湯川某のような生兵法《なまびょうほう》の、遠く及ばない境地に達していた。

彼は最晩年においても、なお壮者を凌ぐ実力をそなえていた。

昭和十一年（一九三六）春、惣角は時宗とともに、埼玉県浦和市におもむいた。

惣角はすでに齢《よわい》八十歳にちかく、時宗は二十歳であった。

浦和市には惣角の高弟、陸軍中佐渋谷周蔵《しぶやしゅうぞう》がいた。彼は浦和警察署柔道師範横《よこ》山栄二郎《やまえいじろう》に惣角父子を引き合わせた。

大兵肥満《だいひょう》の横山は、痩身矮軀《そうしんわいく》で腰が曲がり歯の抜けた惣角を見て、不審を抱いた。彼は時宗に聞く。

「惣角先生は武道家であると承《うけたまわ》っておりますが、武道範士はいつお受けになられましたか」

時宗は答える。

「範士号は受けてはおりませんか」

「では教士、練士号、五段は受けておられますか」

「父は称号、段位は一切お受けいたしておりません」

横山は顔色を変えた。

「それなら、武道家と称され、当地へおいでになるのは、ご遠慮願いたい。浦和には剣道の昭和の名人といわれて剣聖とまであがめられている、高野佐三郎《たかのささぶろう》範士が居《お》られます。この地で範士号も持たない八十歳ちかくのご老人が、武術を教えるなどといわれるのは笑止の沙汰を通り越し、無礼というものですぞ」

惣角は渋谷とともに、横山の言葉を聞いていたが、別に機嫌《きげん》を損じたふうでもなかった。

彼は渋谷と談笑しつつ、時宗と横山の応酬を見ている。血気の時宗はいう。

「大東流には段位称号はもとより、流儀の基本技のほか形《かた》といったものもありません。時に応じ千変万化して敵に対応する呼吸を体得するのみです」

横山は嘲笑《あざわら》った。

「ほう、さようなものが武道といえるのかね。それでは自分がどれほどの鍛練を積み、どれほどの実力をつけているかを、どのようにして判断できるのかね。客観的な評価があってこそ、つよさも分かるというものだ」

　時宗は答えた。

「つよさの判断は、実戦のはたらきで分かるものですよ。あなたにできるものなら、いまこの場で私を押さえこんでみなさい」

　柔道六段、相撲取りのように大兵の横山は、いきなり時宗の胸倉をつかまえにきたが、たちまち逆をとられ捻《ね》じ伏せられる。

「横山先生、私の技を返してください。いかがですか」

　横山は唸《うな》り声をあげ、畳を蹴《け》って体勢を入れかえようとするが、利《き》き腕がいまにも挫《くじ》けんばかりに痛む。

　時宗はさほど力を入れず、押さえているだけであったが、横山はついに音《ね》をあげた。

「参った、参りました。どうしても返せません」

　時宗はようやく手を放した。

「大東流合気術は、わが力で敵を押さえるのではありません。敵の力を利して技をかけるのです。昔の柔《やわら》も、おなじ呼吸で敵を倒したものですが、近頃の柔道は剛道になっているのではありませんか」

横山は時宗に取って押さえられたので、一句もなかった。

横山は態度をあらためた。

「大東流は、警察官の逮捕術に適当であると思います。ついては明日は訓示招集日で全署員が集合いたします。ちょうどいい機会ですから、署長の了解を得て、武田先生のご演武をお願いいたします」

翌日、惣角と時宗は、佐川《さがわ》という高弟を連れ、浦和警察署に出向いた。

警察署道場には全署員のほか、横山師範、渋谷中佐の連絡を受けた、柔道、剣道、居合道の大家が見学に出席している。

惣角は羽織を脱ぎ、上衣に袴《はかま》のいでたちで歩み出る。前屈《まえかが》みの小柄《こがら》な老人を見て、見学者たちは声を呑《の》む。

むかい合って立った柔道着姿の横山師範と比べると、大人と子供であった。横山も内心、道場で試合をすれば思うがままに引きまわせると、考えていた。

相手がどれほど巧みな体術を遣《つか》おうと、肝心の力が尽き果てた老人である。片手で扱っても腕の一本ぐらいはたやすくへし折れると、たかをくくった。

審判役が声をかける。

「勝負、おはじめください」

横山は摺《す》り足で前へ出た。

彼は無防備な姿勢で棒立ちに立っている惣角の襟《えり》を、右手でつかんだ。引き寄せようとすると、何の抵抗もなく近づいてくる。

投げるために腰を落とそうとすると、不意に利き腕を捻《ひね》られた。

突き放そうとすると、腕をのばした方角へ引きこまれた。火のようないたみが関節を走り、思わず惣角の袖《そで》をつかみ引き戻そうとすると、腕のつけねがはずれそうになり、のけぞる。

気がつくと、横山は道場をゆるがせ一回転して投げられていた。

惣角は横山の袖をつかんだまま放さず、立ちあがるのを待ってふたたび投げる。足を踏んばろうとすると腕を引かれ、惣角を反対に引き寄せようとするとき、足で宙を蹴って引っくりかえる。

横山は引きずりあげられては頭から投げ飛ばされるのを、五、六回もくりかえすうちに、意識が朦朧《もうろう》となり、師範席の方向が分からなくなった。

惣角は横山を立てつづけに十数回も投げ飛ばした。

「まあ、これくらいでよかろう」

彼は横山の背を軽く叩いて、座に戻った。

顔色蒼《あお》ざめた横山は、顔を冷汗で濡《ぬ》らし、完全に闘志を失っていた。

惣角はしばらく座についていたが、彼を睨《にら》みつけている男がいるのに気づいていた。横山の朋輩《ほうばい》の教官、柔道六段の猛者《もさ》である。

惣角は立ちあがって、教官の傍《そば》につく。彼の左手はすばやく教官の右手を取っていた。

「君、ちと窮屈だろうが、今日は東京からも諸先生がきておられる。儂《わし》といっしょにご挨拶《あいさつ》しようではないか」

いうなり、惣角は立ちあがる。

教官も同時に立ちあがった。彼は惣角に逆を取られた右片手の激しい痛みに、口もきけない。

彼は、わが肩までも背丈のとどかない惣角に、操り人形のように押されて進む。

「はい、ここで坐《すわ》り、お辞儀をしなさい」

惣角が教官の手首を捻じあげると、抵抗のすべはなかった。

(こんな老いぼれごときを、なぜ投げ飛ばせないのか)

教官は内心に歯ぎしりをするが、惣角の操るままに動かなければ、手首の骨が折れるような気がする。

教官は十数人の来賓《らいひん》のまえに、惣角に手を捻じられた哀れな姿で坐らされ、お辞儀をさせられ、立たされることをくりかえした。

惣角は彼を歩かせて道場を一巡すると、もとの座についた。

「君、ご苦労でした。もう結構です」

惣角の手を離れた教官は、屈辱に唇《くちびる》をかみしめ、引きさがった。

さらに惣角はおそるべき技を披露《ひろう》した。彼は昭和の世になっても、外出するとき古刀正家《まさいえ》の銘のある、一尺三寸（三九センチ）の小脇差《こわきざし》を腰に帯びている。

それを抜き、前後左右に素振りをして見せた。風を切る刃音が、道場じゅうに響き渡る。口笛のような刃音は、大刀では響かせることができるが、小脇差の片手打ちでは出せるものではない。

道場に居ならぶ居合の先生たちも、おどろくのみであった。

惣角の演武が終わると、時宗と佐川が全署員に大東流基本技の手ほどきをする。

二時間ほどの稽古《けいこ》が終わったのち、署員が惣角のまえにきた。

「武田先生、さきほどの先生の素振りにはおそれいりました。実は刑事課長が少

少居合をたしなんでおりますので、先生の脇差を拝見したいと申しております
が」

「うむ、よかろう」

　惣角は刑事室にいく。

　課長が出てきて挨拶をした。

「いや、先生の妙技にはおどろくばかりです。ところで、お脇差を片手で振られ、
ビューン、ビューンと刃鳴りの音を立てられたのには参りました。あれはいかな
る要領で振れば鳴るのでしょう。居合の先生がたもふしぎに思っているのですが。

私にも振らせて頂けますか」

「いいだろう」

　惣角は刀を抜き、課長に手渡した。

　課長は片手で振ってみたが、何の音もしない。彼は立ちあがり、力まかせに振
る。やはり、音はなかった。

「先生、この脇差は音が鳴りませんね」

　惣角は笑った。

「儂は脇差は一振りしか持ってきておらんよ。これを見ろ、鳴るではないか」

惣角は片手でむぞうさに振った。

笛を鳴らすような高い刃音がしたので、課長は首を傾《かし》げた。

「先生、失礼ですが、これは脇差になにかの仕掛けがあるのではありませんか」

「そんなものはない。刃音が立つ、立たないは、修行の相違によるのだよ」

刑事課長は不審の晴れない顔であった。

「先生、脇差の中心《なかご》を拝見させていただけますか」

彼は惣角の了解を得て、目釘《めくぎ》をとり、刀身を柄《つか》から抜き取って、柄の内部になにか仕掛けがしていないかと調べた。

だが、何の細工もなかった。

惣角は笑って浦和署をあとにした。

翌日の新聞に、惣角演武の実況が詳しく報道された。

惣角は宿に帰る道で、思いついたように時宗にいった。

「お前は剣道が好きだから、浦和へきたついでに高野先生に引き合わせておいてやろう。いずれ内弟子にしてもらい、稽古すればいい」

惣角は渋谷中佐の案内で、時宗を高野邸へ連れていった。

高野邸では、佐三郎氏は在宅であった。養子の茂義《しげよし》氏は海外に出張して、不在